藏在地图里的
世界名著
尼尔斯骑鹅旅行记

[瑞典] 塞尔玛·拉格洛夫 著　　尚青云简 编绘

北京理工大学出版社
BEIJING INSTITUTE OF TECHNOLOGY PRESS

版权专有　侵权必究

图书在版编目（CIP）数据

尼尔斯骑鹅旅行记/（瑞典）塞尔玛·拉格洛夫著；尚青云简编绘. -- 北京：北京理工大学出版社，2024.2

（藏在地图里的世界名著）

ISBN 978-7-5763-3123-3

Ⅰ.①尼... Ⅱ.①塞...②尚... Ⅲ.①童话-瑞典-近代 Ⅳ.①I532.88

中国国家版本馆CIP数据核字（2023）第212268号

尼尔斯骑鹅旅行记

责任编辑：张文峰　顾学云	文案编辑：张文峰　顾学云
责任校对：周瑞红	责任印制：李志强

出版发行 / 北京理工大学出版社有限责任公司
社　　址 / 北京市丰台区四合庄路6号
邮　　编 / 100070
电　　话 / （010）68944451（大众售后服务热线）
（010）68912824（大众售后服务热线）
网　　址 / http://www.bitpress.com.cn

版 印 次 / 2024年2月第1版第1次印刷
印　　刷 / 河北盛世彩捷印刷有限公司
开　　本 / 787 mm×1092 mm　1/16
印　　张 / 7.5
字　　数 / 98千字
审 图 号 / GS京（2023）1893号
定　　价 / 180.00元（套装共5册）

图书出现印装质量问题，请拨打售后服务热线，本社负责调换

阅读，让孩子看世界

美国著名诗人沃尔特·惠特曼在他的诗《有一个孩子向前走去》中这样写道：

"有一个孩子每天向前走去，

他看见最初的东西，他就倾向那东西，

于是那东西就变成了他的一部分，

在那一天，或在那一天的一部分，

或继续好几年，或好几年形成的周期……"

如果孩子看到"最初的东西"是这套世界名著呢？那么它将怎样影响孩子的一生呢？世界名著不仅能让孩子领略大文豪们的风采，还能感悟那些藏在故事中的人生哲理，让他们成为思想深刻的人。但是，如何选择一套适合孩子阅读的世界名著呢？既然是世界名著，那么就要让孩子放眼看世界，让他们从阅读中了解更多的国家和城市，拓宽眼界。《藏在地图里的世界名著》是一套用地图与名著巧妙结合的图书，以全新的视角、独特的形式让孩子"读世界名著，知世界地理"。如果你是个文学爱好者，也是个地理狂，那就让我们一起来看看这套特别的世界名著吧！

地理笔记与文中地名相对应，内容丰富、有趣，用语精练。

手绘插图，让故事情节跃然纸上。

地图的融入为本书最大特色，地理位置清晰可见。

目录 CONTENTS

第一章 偶遇小精灵 / 8

第二章 小精灵，你在哪儿 / 12

第三章 与白鹅的奇妙之旅 / 16

第四章 阿卡的决定 / 20

第五章 智斗狐狸斯密莱 / 24

第六章 鹳鸟先生求助 / 28

第七章 "鹤之舞"表演大会 / 32

第八章 遭遇下雨天 / 34

第九章 关于布莱金厄的传说 / 38

第十章 狐狸斯密莱与喜鹊 / 42

第十一章 受蛊惑的貂 / 44

第十二章 倒霉的水獭 / 46

第十三章 卡尔斯克鲁纳 / 48

第十四章 偶遇邓芬 / 52

第十五章 蝴蝶变成的岛屿 / 56

第十六章 小卡尔斯岛 / 58

第十七章　斯莫兰的传说 / 60

第十八章　被强盗头子抓走 / 64

第十九章　坛子里的银圆 / 66

第二十章　斯密莱被锁 / 68

第二十一章　坠入熊洞 / 70

第二十二章　莫顿被抓了 / 76

第二十三章　乌普萨拉的故事 / 80

第二十四章　庄园奇遇 / 86

第二十五章　飞向南方 / 90

第二十六章　耶姆特兰的传说 / 92

第二十七章　渡鸦巴塔基 / 94

第二十八章　尼尔斯和莫顿谈心 / 100

第二十九章　大雁们的礼物 / 104

第三十章　贴心的阿卡 / 108

第三十一章　尼尔斯回家 / 110

第三十二章　惊险时刻 / 114

第三十三章　告别与新生活 / 118

作者名片

姓　　名：塞尔玛·拉格洛夫
出 生 地：1858年出生于瑞典
家庭背景：世袭贵族地主家庭
毕业院校：1885年毕业于斯德哥尔摩罗威尔女子师范学院
代 表 作：《古斯泰·贝林的故事》《假基督的奇迹》《耶路撒冷》《尼尔斯骑鹅旅行记》《葡萄牙国王》《御者》《勒温斯瑟尔特三部曲》《圣诞节的故事》《无形的锁环》《古代斯堪的纳维亚神话集》
获奖名称：1909年获诺贝尔文学奖

印在纸币上的塞尔玛·拉格洛夫

1991年，瑞典为了纪念塞尔玛·拉格洛夫这位宝藏级的作家，在发行20克朗瑞典纸币时，把正面右侧印上了拉格洛夫的肖像，背面则再现了她的文学作品《尼尔斯骑鹅旅行记》中尼尔斯骑在鹅背上飞过平原、牧场和耕地的美景。

诺贝尔是谁

全　　　名：阿尔弗雷德·贝恩哈德·诺贝尔
出生日期：1833 年 10 月 21 日
国　　　籍：瑞典
职　　　业：瑞典化学家、工程师、发明家、军工装备制造商和硅藻土炸药的发明者
一生成就：拥有 355 项专利发明，并在 20 个国家开了约 100 家公司和工厂
诺贝尔奖的产生：1895 年，诺贝尔立下遗嘱将他大部分遗产作为基金，以所得利息设立诺贝尔奖，共分为：物理学奖、化学奖、生理学或医学奖、文学奖及和平奖，后又增设了经济学奖。

走进诺贝尔文学奖

诺贝尔文学奖是诺贝尔奖之一，该奖的宗旨是表彰在文学领域创作出具理想倾向的最佳作品的人。1901 年首次颁发诺贝尔文学奖，以后每年评选和颁发一次，由瑞典文学院颁发一枚金牌、一份证书以及一笔奖金。每年 12 月 10 日在瑞典首都斯德哥尔摩举行颁奖仪式，这一天也正好是诺贝尔逝世的周年纪念日。

第一章

偶遇小精灵

三月二十日　星期日

在 `瑞典` `斯科讷省` 的小村庄里，住着一个名叫尼尔斯的男孩，他长着一头淡黄色的头发，瘦高个儿，大概十四岁。尼尔斯每天除了吃饭、睡觉就是调皮捣蛋，以欺负小动物为乐，对其他事都不感兴趣。

星期天的早晨，爸爸和妈妈要到邻村的市集上去，尼尔斯也想跟他们一起去。他甚至已经穿上了那套过节时才能穿的服装：方格子布的衬衫和簇新的皮裤子，衬衫上面还有一排大纽扣。

好巧不巧，爸爸在出发前看了他糟糕的成绩单，十分生气，便命令尼尔斯在家温习功课。尼尔斯郁闷极了，看着爸妈远去的身影，愣了半天，才坐在书桌旁拿起书念起来。可是，才刚念了几行字，他就打起盹来。

突然，尼尔斯被一阵窸窸窣窣的声音惊醒了，他通过桌子上的那面镜子发现，妈妈的那个大衣箱被人打开了，那里收藏着妈妈

> **我的地理笔记**
>
> 瑞典
>
> 北欧五国之一，位于斯堪的纳维亚半岛；
>
> 地形狭长，东濒波罗的海，西南临北海，北部是高原，南部多平原或丘陵；
>
> 总面积约45万平方千米，是北欧最大的国家；
>
> 境内约有10万个湖泊，有"湖泊王国"的美称；
>
> 首都斯德哥尔摩，风景秀美，被称为"北方威尼斯"；
>
> 瑞典经济发达，在航空业、汽车制造业等方面都处于世界领先地位；
>
> 瑞典王宫、诺贝尔纪念馆都是世界著名景点。

| 第一章·偶遇小精灵 |

我的地理笔记

斯科讷省

瑞典最南端的省，地理位置很优越，与欧洲大陆隔海相望；

首府马尔默市与丹麦首都哥本哈根有跨海大桥相连；

土地富饶、肥沃，是瑞典最发达的农业大省；

起伏的平原、圆圆的小山和浓密的森林等是当地的自然景观。

最心爱的东西，平时只有她自己才能打开。难道是小偷趁着他睡着的时候溜进来啦？他越想越害怕，身子缩成了一团，盯着镜子一动不动，眼睛都不敢眨一下。突然，镜中闪过一个黑影，接着那个黑影又闪了一次。

尼尔斯睁大眼睛死死地盯着看，发现那竟然是个小精灵！他长了一张布满皱纹的脸，头上戴着尖顶软帽，身上穿着直拖到脚跟的长外套，脚上穿着一双红色的短皮靴，就像一个老头穿着娃娃装，看上去特别滑稽。

妈妈曾经向尼尔斯说起过这些小精灵，他们住在树林里，不但会说人类的话，而且还能讲兽类和鸟类的语言。只要小精灵们愿意，他们能使冬天的雪地上开出鲜花来，也能使夏天的小河一下子结冰。可是，这个小精灵怎么会出现在妈妈的衣箱里呢？

"小坏蛋！竟然把主意打到我们家头上来了，哼！我这就给你点儿颜色瞧瞧。"说着，尼尔斯就从钉子上面取下了那个捉蝴蝶用的捕虫

网。捕虫网被尼尔斯轻轻一挥,小精灵就落到网里去了。

"尼尔斯,"小精灵哀求地说,"给我自由吧!我一定送你一块比你衣服上的纽扣还要大的金币。"

尼尔斯想了一会儿,说:"好吧!"

可是,尼尔斯突然又改变了主意:他想得到更多的金币和好处,比方说可以让小精灵施展魔法,帮他把课本里的知识记在脑子里。于是,他抖了抖捕虫网。

就在这时,尼尔斯突然感到自己的脸上被狠狠地扇了一个耳光,眼前金星直闪,捕虫网直接从他的手中飞了出去,他自己也像陀螺一样滚到了墙角,失去了知觉。

当尼尔斯呻吟着醒过来时,小精灵已不见踪影,箱子也盖好了,就连那个捕虫网都挂在了原来的地方。

"我刚刚是在做梦吗?"尼尔斯摸着自己火辣辣疼的脸,一瘸一拐地向椅子走去。

但是,他只走了两步就停住了。因为,尼尔斯惊奇地发现房子好像变大了,而且,自己刚刚坐过的椅子,竟变得像一座高山一样啦!"天哪!一定是那个小精灵施了魔法,把所有的东西都变大了!"

为了能够爬到椅子上面去,尼尔斯不得不像爬一棵高大的橡树那样,从雕花的椅腿慢慢地向上爬。书也变得很大,如果他不站在书上面,连一个字也看不完全。他十分费劲地念了五个字,在抬头的那一刻,他突然看见镜子里有一个很小的小人儿,那小人儿长得跟他刚才用捕虫网捉住的小精灵一样大,只是身上穿着的衣服不一样:那个小人儿穿着一条簇新的皮裤子和一件方格子布的衬衫,衬衫上面还有一排很大很亮的纽扣,正瞪着一双大眼睛看着他呢。

"嗨,你是谁?你到底在这儿干吗呢?"说着,尼尔斯举起拳头吓唬那个小人儿。

那个小人儿也举起了拳头吓唬尼尔斯。

接着,尼尔斯凶巴巴地叉起腰来,向对方伸了一下舌头;小人儿也凶巴巴地叉起腰来，向尼尔斯伸了一下舌头。

尼尔斯明白了：一定是小精灵对他施了魔法，镜子里那个跟自己一模一样的小人儿，就是他自己。想到这儿，他一屁股坐在书上面，伤心地哭了起来。

尼尔斯哭了一会儿，决定出去找那个小精灵。他要去跟那个小精灵认错，还要好好地恳求小精灵，请他原谅自己，让他把自己变回原来的样子。

尼尔斯向院子里跑去。

尼尔斯刚爬过门槛，就有一群麻雀飞到了篱笆上，他们扯开嗓门，使劲儿地喊道："快来看尼尔斯啊！快来看尼尔斯啊！"

母鸡们拍着翅膀，咯咯大叫着："活该！活该！谁让他总是扯我们身上的毛！"

一群鹅也过来团团围住了尼尔斯，把脖子伸得很长，凑到他耳边大喊："嘎嘎嘎，真是太妙啦！太妙啦！昨天他用石头打得我好痛！"

接着，他们就用硬嘴不停地啄他。

第二章

小精灵，你在哪儿

尼尔斯拼命地摆脱母鸡和鹅儿们的纠缠，直接跑到猫儿跟前，向他打听小精灵的下落："威曼豪格镇最聪明的猫咪啊，你每天都在这院子里活动，一定对这里的每个角落和隐蔽的洞孔都很熟悉吧，你能不能告诉我小精灵住在哪儿呢？"

猫儿压根儿就没有搭理尼尔斯，而是把他的尾巴在腿前盘成一个圆圈，动作优雅极了，然后一双大眼睛瞪着尼尔斯，尼尔斯不禁有些害怕起来。这只黑猫长得很壮，在他的脖子底下隐藏着一块白斑，不仔细看是不会发现的。他的皮毛十分平滑柔顺，此刻，他把爪子蜷曲在脚掌里，两只灰色的眼睛在阳光的照耀下眯成一条细缝。

"我当然知道小精灵住在哪儿，"他慢条斯理地说道，"但是，我压根儿就不打算告诉你。"

"亲爱的猫咪，你一定要帮帮我的忙啊，"尼尔斯哀求道，"难道你没有看见我现在的样子吗？这都是他对我施了魔法呀！"

大黑猫稍微抬了抬眼皮，眼里流露出恶意的光芒。他一丁点儿都不同情尼尔斯的遭遇，反而幸灾乐祸地喵呜、喵呜地叫了老半天，最后气呼呼地说："我凭什么要帮你的忙，难道就因为你常常揪我的尾巴？"

尼尔斯这下子被惹火了，竟然把自己已经变成小人儿的事儿完全忘了。"哼，我就是要揪你的尾巴，看你说不说！"他一边挥舞着小拳头，一边叫嚷着向猫儿猛扑过去。

这时，大黑猫完全变成了另一副模样，只见他全身的毛一根根竖起来，腰弯成弓状，四条腿像是绷紧的弹弓，摆出一副进攻的架势。

尼尔斯哪里肯向一只猫认怂。于是，他又逼近了一步。这时候，大黑猫一下子扑到了他的身上，把他掀倒在地上，前爪狠狠地踩着他的胸膛。

尼尔斯觉得他的胸骨就要被猫儿弄断了，他吓得大声呼喊救命，感觉下一秒

自己就要命丧猫爪之下了。

就在尼尔斯认为自己要命丧猫爪的时候，大黑猫却收起了利爪。

"算啦，放过你吧，"大黑猫十分大度地说道，"我不是真心要去伤害你，我只不过是想让你明白，咱们两个现在到底谁更厉害。"

大黑猫说完，迈着优雅的步子，不再搭理惊慌失措的尼尔斯，给自己找舒服的地方晒太阳去了。尼尔斯羞愧极了，一溜烟跑到牛棚里去寻找小精灵的下落。

牛棚里一共只有三头奶牛。可是当尼尔斯闯进去之后,里面顿时乱了套,让人听起来牛棚里至少有三十头奶牛。

尼尔斯张口问小精灵藏在哪儿,可是牛棚里太吵了,连尼尔斯自己都听不清自己到底在说什么,更别提那些骚动的奶牛了。

尼尔斯在变小之前经常捉弄这些奶牛，有时他会把邻居家的狗赶进牛棚，有时他还穿上他的木头靴子踢这些奶牛，最让奶牛们气愤的是尼尔斯竟然把黄蜂塞进了她们的耳朵里，弄得她们现在还觉得耳朵里嗡嗡作响。现在这些奶牛终于有了反击的机会。

奶牛中有头年纪最大、最聪明的，叫五月蔷薇。她平息了奶牛们的骚乱，气呼呼地瞪着尼尔斯。

"你给我马上过来，"她训斥道，"看看你从前都对我们做了些什么，你不光捉弄我们，还经常惹你妈妈生气，你有多少次把你妈妈挤奶时坐的小板凳从她的身下抽走，还有多少次你竟然伸出腿来绊她，害得她摔跤，打翻了牛奶桶，弄得牛奶流得到处都是。你每次都把她气得站在这儿流眼泪，连我们看了都忍不住难过。现在该是我们惩罚你的时候了。"

尼尔斯告诉奶牛们，他现在已经深深地为他从前的行为感到后悔了，并保证以后再也不会欺负她们。他央求奶牛们告诉他小精灵在哪里，并发誓等他找到小精灵，解除魔法以后，他一定会对她们好的。可是奶牛们对他说的话一个字都不肯相信，她们吵得越来越凶，越来越激动，好像随时都能挣脱缰绳向他冲过来。尼尔斯见此情景，也不敢再继续打听小精灵在哪里了，赶紧从牛棚里逃了出来。

从牛棚里出来后，尼尔斯感到沮丧极了，他知道在这个农庄里肯定不会有人愿意帮助他去寻找小精灵了，而且，就算他找到了小精灵，小精灵也绝不会轻易原谅他，因为他曾经干了那么多的坏事，更不要说答应他的请求了。

尼尔斯越想越伤心，他不想回到屋子里，不敢面对曾经那么熟悉的一切，因为眼下的他实在是不知道自己应该待在哪儿。于是，他来到了农庄边上，费劲地爬上围墙，无精打采地坐了下来。他看着自己变得只有大拇指一样大小的身体，无法相信早上的自己还是正常人，眼下却变成了小怪物！尼尔斯陷入深深的悔恨和沮丧之中，他觉得自己是世界上最可怜、最不幸的人啦！

第三章
与白鹅的奇妙之旅

尼尔斯心里很清楚,假如他不能变回正常人,一直是这个样子的话,将会面对怎样的结局:再不会有小伙伴跟他一起做游戏,当然也不可能继承父母现在经营的小农庄,更不要去盼望跟哪个漂亮、温柔的女孩儿交朋友啦。想到这里,尼尔斯的心情变得更加糟糕,心里也难过得要命。世界上再也没有什么事情能让他变得开心起来。

他无助地躺在围墙上,头枕在双手上,一双大眼睛无神地看着天空,淡蓝色的天空上,没有一丝云彩。候鸟们成群结队地刚从国外飞回来,横越过 **波罗的海** ,如今正朝北飞行。一群群候鸟呼啦啦地飞过,可是他只认出了几只大雁,他们排成"人"字形的队

波罗的海

> **我的地理笔记**
>
> 波罗的海
>
> 位于斯堪的纳维亚半岛与欧洲大陆之间;
>
> 是欧洲北部的内海,北冰洋的边缘海,属于大西洋;
>
> 北欧的重要航道,也是俄罗斯通往欧洲的重要通道;
>
> 面积达42万平方千米,相当于我国渤海面积的5倍;
>
> 它是世界上盐度最低的海,也是浅海,平均深度只有55米;
>
> 因为水浅,北部和东部海域每年都有一段冰封期。

这里出产的鱼又大又新鲜呢!

伍飞行前进。

这时,一群大雁飞过村子上空,一看到他们的亲戚家鹅,就降低了飞行高度,大声喊道:"跟我们一起去吧!跟我们一起飞到拉普兰去!"

听到这一声声呼唤,尼尔斯家的那群家鹅显得非常激动,开始大叫起来,兴奋地拍打着宽大的翅膀。其中一只年轻的雄鹅张开又阔又大的白翅膀,飞也似的沿着院子跑起来。

"好啊,好啊,等等我啊!"他伸长着脖子,对着大雁们高声喊叫着,"我要跟你们一起飞去!等等我啊!"旁边一只上了年纪的雄鹅用严肃的语气告诫他说:"小子,你可千万别发疯哟!你要知道你就是一只家鹅!"

"咦?这不是白鹅莫顿吗?"躺在石头围墙上的尼尔斯对这一切都听得一清二楚。他心想,"看这架势,估计莫顿是认真的!哎呀,如果雄鹅莫顿当真飞走的话,那就是一笔很大的损失呀,而且,等爸爸妈妈从集市上回来,一看雄鹅莫顿不见了,他们一定会很难过的。"

想到这儿,尼尔斯立刻坐了起来。

"快停下来,莫顿!"尼尔斯边喊边跳下围墙,恰好落在了正在飞奔着的雄鹅莫顿的身上,他用两只手紧紧地搂住雄鹅的长脖子,把自己的小身子整个儿趴了上去。"莫顿啊,你可千万不要跟着大雁们飞走啊!"他央求着喊叫。

不料,雄鹅一下子就从地面腾空而

起。他来不及停下来把尼尔斯从身上抖下来，只好带着他一起飞到空中。尼尔斯只觉得头晕目眩，耳边传来呼呼的风声，吓得他紧紧抓住了鹅脖颈上的羽毛。他低头往下看，家离得越来越远，最后，竟变成了一个小点儿。

如果这时候尼尔斯再松开手，那么毫无疑问，他一定会被摔得粉身碎骨。而想要稍微舒服一点儿的话，他唯一能做的事情就是爬到鹅背上去。他费了九牛二虎之力，终于爬了上去。但是要在两只不断上下扇动的翅膀之间坐稳，而且还是在光滑的鹅背上，却也不是件容易的事情。他不得不用两只手牢牢地抓住公鹅的翎羽和绒毛，免得滑落下去。

高空中，一阵阵大风迎面吹来，在尼尔斯的耳朵旁边吼叫着，不断地拽扯着他的头发。尼尔斯好像骑士骑在狂奔着的骏马上一样：低着头，缩着身子，把整个身体贴伏在白鹅莫顿的脖子上；双手牢牢地抓住鹅毛，紧紧地闭上双眼。

最后，尼尔斯鼓起勇气，微微睁开眼睛，他看见他的四周是大雁们不停扇动着的灰翅膀。大片的白云飘浮在尼尔斯的头上，它们几乎快要碰到他了。

在很远的下面，横着黑黑的土地，但那一点儿也不像土地，好像有什么人在上面铺上了一条极大的花格子手帕，其实它们是一块块才长出嫩草的草地和一片片耕过的田地。

大雁们一股劲儿地往前飞，尼尔斯终于完全丧气了。

"或许，他们真的要把我一直带到 拉普兰 去呢！"他猜想。

| 第三章·与白鹅的奇妙之旅 |

我的地理笔记

拉普兰

即拉普兰德地区，挪威、瑞典、芬兰的北部区域以及俄罗斯西北部在北极圈内的地区；

大部分位于北极圈以内，冬季漫长，夏季短暂；

每年有8个月的时间是冬天，被誉为"圣诞老人的故乡"；

传说圣诞老人就是住在这里的。

在这里，冬至前后能看到24小时不灭的星光，夏至前后能看到24小时不落的太阳；

此外，这里还能看到美丽的极光；

居住在这里的萨米人身材很矮小，代代以放鹿为生；

1996年，拉普兰地区被列入《世界自然遗产名录》。

"莫顿！"尼尔斯对雄鹅莫顿喊道，"转身回家去吧，莫顿！我们已经飞够了！"

但是莫顿没有回答。

于是，尼尔斯使出全身的力量，用小木靴使劲地踢白鹅。莫顿微微转过头来，嘎嘎地叫道："喂，你给我安静地坐好，你再这样乱喊乱叫，我就把你摔下去！"

尼尔斯只得老老实实地坐着不动了。

整整一天，白鹅莫顿跟那群大雁飞得一样快，好像他从来就没有做过家鹅，一出生就是在飞翔中度过的。而尼尔斯也逐渐地习惯于骑着鹅在空中飞行了，现在的他不仅能够稳稳当当地坐在鹅背上，还可以分神想点儿别的事儿。他注意到天空中熙熙攘攘全都是朝北方飞去的鸟群，而且他们还互相喊话，彼此间大声地打着招呼。尼尔斯也渐渐地忘记了忧虑和难过，并适应了飞行的高度与速度，原来在空中遨游这么惬意，真是一场奇妙的旅行呀！

太阳落山了，田野蒙上了夜色，大雁们正绕着一个湖上面飞行，他们要停下来准备宿夜了。大雁们飞到了斯威达拉和斯卡伯湖，然后又折回到布里恩格修道院和海克伯亚的上空。

第四章

阿卡的决定

尼尔斯在这一天所见到的斯科讷省的地方,远比他之前见过的地方多得多。他们刚降落到 **维纳恩湖** 的湖岸,连喘息都还没有平稳,大雁们就立刻钻到水中去了。岸上只留下白鹅莫顿和尼尔斯。

尼尔斯从莫顿光溜溜的背上滑下来,终于落到地面上。他一边搓着麻木的手脚,一边四处张望。

这个地方十分的荒凉。只见一棵棵高大的松树,好像黑色的围墙一般,一直伸展到湖边。从阴暗的松林深处,不时传来一阵阵沙沙声。尼尔斯的心情很糟,肚子咕噜咕噜地叫着,他已经整整一天没有吃东西了。可是到哪儿去找吃的呢?现在刚刚是三月,地上或者树上都还没有长出可以吃的东西来,恐惧和不安也随着黄昏悄悄地到来。大森林里开始发出各种奇怪的响声,听上去恐怖极了!

此刻,尼尔斯在空中遨游时的那股兴奋劲儿已经完全消失。他惊恐地环视那些旅伴,除了他们之外,他是无依无靠的了。唉!尼尔斯想念家里温暖、舒适的床,想念妈妈做的美味的食物,还有……唉,他真想号啕大哭一场。

"莫顿!莫顿!"尼尔斯带着哭腔叫道,可是没有人回答。尼尔斯惊慌地回过头去。

可怜的莫顿!他正像一只死鹅一样伏在地上,翅膀无力地耷拉着,脖子软绵绵地伸得老长,眼睛已经蒙上了一层浑浊不清的薄膜,好像

> **我的地理笔记**
>
> **维纳恩湖**
>
> 北欧最大的湖,位于瑞典西南部;
>
> 横跨瑞典好几个省,面积约5650平方千米;
>
> 也是欧洲第三大湖,在世界湖泊中也能排得上号呢;
>
> 湖岸四周多岩石和树林,南岸低平,有利于种庄稼;
>
> 它接纳了很多河流,湖水流经约塔河向西流入卡特加特海峡。

马上就要断气了。尼尔斯感到害怕极了。

"噢,莫顿,"尼尔斯俯下身子,对他说,"喝口水吧!"但是白鹅一动不动。

于是,尼尔斯抓住他的脖子,努力地向水边拖去。这对他来说并不是一件容易的事情。在尼尔斯家的鹅群中,莫顿是最强壮的一只。尼尔斯现在并不比麻雀大多少,可是无论如何,他还是把莫顿拉到了湖边,把他的头浸到湖水中去了。

不一会儿,莫顿便睁开了眼睛,他喝了点儿水,勉强地站了起来,接着就向湖中走去。一直走到水齐脖子深的地方,他才浮了起来,在冰块间游着,不时地把嘴向水中一啄,把头向后一仰,贪婪地吞下水藻和小虫。很快,莫顿就恢复了体力,感激地对尼尔斯说:"谢谢你救了我,真不知道怎么感谢你!"

尼尔斯对莫顿的表现很意外,他没想到自己做了这么一件简单的事,就得到雄鹅的感谢,立即觉得很难为情。

莫顿没再说什么,向湖心游了去。

不一会儿,莫顿衔着一条小鱼回来了,他将鱼放在尼尔斯面前,说:"这是送给你的,快吃吧!"

尼尔斯拿出随身携带的已经变得很小的刀,刮掉鱼鳞,挖出内脏,几口就把生鱼吃光了。莫顿看着他问:"我想跟着他们飞到拉普兰,让所有人知道,家鹅也有梦想,也能干出一番大事业,这一定会很荣耀。可是,单凭我自己是完不成这一次旅行的，尼尔斯，你愿意帮我实现愿望吗？"

尼尔斯心里只想着快点回家，一下子不知道该怎么回答莫顿。

"我……我只想赶快回到爸爸妈妈身边去。"尼尔斯坦白地说出了自己的心思。

"相信我，尼尔斯。一到秋天我保证送你回家，"莫顿说道，"我一定会把你送到家门口的。"

尼尔斯立刻就对莫顿的提议动了心。就在这时，领头雁走了过来说："我是大雪山来的大雁阿卡，已经有100多岁了，是雁群的领头。请问，你们出身在什么家族？为什么要加入我们呢？"

"尊敬的阿卡，"莫顿说，"我是雄鹅莫顿，住在西威曼豪格。我想跟你们一起去拉普兰，想证明自己也是有梦想、有出息的！"莫顿说着，显得有些羞怯。

阿卡看着尼尔斯，诧异地问道："跟你在一起的是谁？"

"我的小朋友。"莫顿支支吾吾地说。

尼尔斯不想自己就这样被含糊地介绍给对方，于是，他大踏步上前，坚定地说："我是尼尔斯。我本来是人，可今天早晨……"

尼尔斯的话还没有说完，大雁们一听见"人"这个字眼，立刻吓得纷纷倒退，他们祖辈传下来的训诫就是：绝对不能相信人类。

"我们都是出生在显赫家族里的高山大雁，是不能允许有人类在我们队伍中的！"阿卡说。

莫顿立即站出来解释说："其实，他并不能算是人！他实在是太小啦！我敢担保，他决不会伤害你们。让他留下来吧，让这么一个可怜的人在黑夜里单独去对付 **鼬鼠** 和狐狸，我很担心啊！"

阿卡打量着尼尔斯，想了想说："好吧，既然你能替他担保，那今晚就留下来。但是，明天一早他必须离开。"说完，阿卡带着雁群，向湖中的浮冰飞去。

鼬鼠是北极草原上最小的食肉动物。

我的生物笔记

鼬鼠

鼬科小型哺乳动物；

主要生活在亚北极的丛林中，还有苔原上、农田里或沼泽中等；

它们个头儿很小，算上尾巴也就只有40厘米长；

夏天背部披棕色的毛，腹部为白色；

冬天体毛基本变白，成为一只"小白鼠"啦；

鼬鼠腿短，但很灵活，性格也较为温顺。

体型较小的鸟儿、青蛙和昆虫等是它们的猎物哟。

第五章

智斗狐狸斯密莱

听到莫顿维护自己的话,尼尔斯十分感动,心里立刻有了陪莫顿去拉普兰实现梦想的想法。

他看着眼前的大白鹅说:"谢谢你,莫顿。"

莫顿安慰他道:"没关系的,我会去说服他们让你留下来。眼下,我们得赶快休息,好应对明天的旅程。"说完,莫顿就伏在湖岸边的干草上面,衔住尼尔斯的衣领,把他塞到自己的翅膀下面,说:"你可以舒舒服服地睡个好觉了,晚安!"

尼尔斯躺在莫顿浓密的羽毛里,既温暖又舒适,很快就进入了梦乡。

所有的鸟儿和野兽都睡熟了,周围的一切静悄悄的。此时狐狸斯密莱就从树林里出来了,他每天晚上都要出来打猎。

斯密莱缓慢地挪动脚步,向湖边走来。他早就在跟踪这个雁群,而且已流着馋涎想象着雁肉的美味了。年迈的阿卡非常清楚斯密莱的习性,因此他把宿夜的地方安排在了湖中心的一块浮冰上面。这样,斯密莱和雁群之间就隔着一片广阔的水面。

斯密莱站在湖岸上,把牙齿咬得咯咯直响。突然,他发现风正把浮冰慢慢地向岸边吹过来。

"啊哈,真是老天爷在帮我吃到美味呀!"斯密莱微笑着,蹲了下来,开始耐心地等待着。浮冰轻微地碰到了湖岸,发出沙沙的响声。斯密莱看准了地方,一下子跳到浮冰上,偷偷地走向雁群。

阿卡听见动静,发出了厉声尖叫。顿时,他的尖叫声响彻了整个湖面,一大群大雁很快飞到了空中,而尼尔斯也以同样快的速度掉了下来,睡眼惺忪地坐在那儿,完全没弄明白发生了什么。

他揉了揉眼睛,看见一只狐狸正叼着一只大雁,向陆地飞快地跑去。

第五章 · 智斗狐狸斯密莱

"强盗!快把他放下来!"尼尔斯冲着狐狸喊道。

"这是谁啊?"被喊声吓了一跳的斯密莱觉得很奇怪,顾不上回头看是谁,叼着大雁拼命跑。

"快把他放下来!听见了吗?"不顾危险的尼尔斯一边对狐狸挥着小拳头,一边追了过去。他现在有了一双小精灵的夜视眼,周围的一切都被他看得清清楚楚,像大白

天一样。尼尔斯终于追上了斯密莱，他使出全身力气拉住了斯密莱的尾巴，斯密莱情急之下松开了大雁，那只大雁立刻纵身飞到了空中。

眼看着快要到嘴的美食跑了，斯密莱气得大叫："既然大雁跑了，那你就来当我的美食吧，我要吞了你，看你往哪儿逃！"说完，他转身就来抓尼尔斯。

但他想成功抓住尼尔斯，可没那么容易。此时，尼尔斯正用两手紧紧地抓着斯密莱的尾巴呢。

斯密莱向右面跳，他的大尾巴会甩向左面；向左面跳，他的大尾巴又会甩到右面。他们两个就像陀螺一样，不停地转着圈，斯密莱就是不能抓住眼前的这个小人儿。

渐渐地，尼尔斯的手开始发麻，他见机松开双手，放开了狐狸尾巴，一下子跳到了旁边的松树上。然后他立刻向树上用力爬去，几乎是用一口气就爬到了树顶。

而斯密莱就像是一个开足了发条的玩具一般，不断地在老地方打转，用他的大尾巴扫着隔年的枯树叶。

"嗨，现在你可以略微休息一下啦！"尼尔斯从树顶上向斯密莱喊道。

斯密莱立即停了下来，惊诧地注视着自己的尾巴。他抬起头，看见尼尔斯的脸从丫丫杈杈的松枝中露了出来，正向他吐着舌头。

"哼！看你能高兴多久，有能耐你就别下来！"斯密莱在松树下面坐了下来，看着尼尔斯。

天亮了，太阳升起来了。他们还是照旧坐在那儿：尼尔斯坐在树上，狐狸坐在树下。

一阵阵大雁的叫声从湖面上传了过来，尼尔斯看见整群雁从浮冰上飞了起来。尼尔斯大声喊着他们，向他们挥着手，但是雁群径直飞过他的头顶，在松树的树顶后面消失了。而且，连他唯一的朋友白鹅莫顿也跟着他们一起飞走了。

尼尔斯觉得自己非常孤独，几乎要哭出声来："他们一定以为我被狐狸斯密莱吃掉了。"他低下头去，看见狐狸斯密莱正抬着尖嘴，向他不怀好意地笑着。

突然，附近传来了扑打翅膀的声音。一只灰色的大雁从密密的树枝间飞了出

来，好像他压根儿就感觉不到这样做的危险一样，径直向狐狸冲过去。他飞得很低很慢，斯密莱还没有反应过来，树丛中又飞出来第二只，第三只，第四只……斯密莱扑向这一只又扑向那一只，可每次都没有得逞。不一会儿，只见他的眼睛红红的，耷拉着舌头，身上原本十分滑顺的红毛也皱成了东一簇西一团。白鹅莫顿飞到尼尔斯身边，叼起尼尔斯，立刻飞远了。

　　大雁们也停止捉弄斯密莱，向天空飞去。直到这时，已经累得头晕眼花的斯密莱才想起自己守候的猎物，他抬头看向树顶，哪里还有小人儿的踪影！他气极了，扯开喉咙对着远飞的雁群大喊："我绝对不会放过你们的！"

第六章

鹳鸟先生求助

三月二十八日　星期一

两天之后，雁群才来到了格里明根古堡。古堡的四周被山岩围绕着，墙上爬满了青苔，耸立着四座高高的塔楼，塔楼的顶就好像四个尖尖的山峰。

雁群在古堡附近峡谷旁的一片凹陷的山崖上停了下来。他们还没有安顿好，就飞来一位访客——鹳鸟先生爱尔明利赫，他是格里明根古堡最老的居民。

鹳鸟先生一直以有教养、懂规矩而名声在外，只见他轻轻地走到老阿卡前面，把右脚缩到肚子下面，深深地鞠了个躬。

"很高兴能看到你，爱尔明利赫先生，"阿卡说，"古堡里一切都好吧？"

"尊敬的阿卡队长！我们的古堡正遭受着可怕的灾祸！"鹳鸟先生回答道。

阿卡问："能不能把你们的情形告诉我？"

鹳鸟先生悲哀地说："阿卡队长，一大批田鼠在瑞典南部的 马尔默 登陆，现在已经来到这里的灰田鼠快要进攻我们的古堡了！"

"现在不是流眼泪的时候，爱尔明利赫先生！"阿卡严厉地

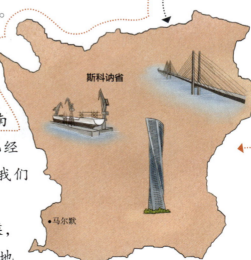

> **我的地理笔记**
>
> 马尔默
>
> 瑞典第三大城市，斯科讷省的首府，面积约 154 平方千米；
>
> 位于厄勒海峡东岸，瑞典的最南端；
>
> 它与丹麦首都哥本哈根隔海相望，两市只相距 26 千米，由著名的厄尔松跨海大桥相连；
>
> 这里的造船业很发达，在世界造船界都鼎鼎有名；
>
> 是戏剧团体和音乐戏剧公司的聚集地，也是摇滚、舞蹈、音乐活动的主办地。

说，"决不能让他们这样横行霸道。"

"可是我们抵挡不住他们啊！"爱尔明利赫先生无奈地说。

"不要沮丧，"阿卡说，"因为，我们这儿有一个出色的战士，他完全可以对付田鼠。"

"能不能让我见一见这位神奇的勇士？"爱尔明利赫先生恭敬地低下头问道。

"自然可以！"阿卡回答。

一分钟后，尼尔斯就出现了。

"听我说，"阿卡对尼尔斯说，"现在，你应该帮助我们完成一件重大的事情。"

尼尔斯很高兴地答应了。鹳鸟先生张开长长的尖嘴，把尼尔斯拦腰夹住，放到阿卡的背上，说：

"如果灰田鼠知道他们的对手是谁，他们一定会吓得东逃西窜的。再见！我先飞去告诉我的太太和我那些邻居。要不，他们一看到你们这位'巨人'准会被吓得半死的。"

当那一大群灰田鼠赶到格里明根古堡的墙脚时，已经是半夜了。他们嗅着古堡里的每一道台阶，慢慢地向上面爬去。他们嗅遍了

每一个黑暗的角落,也搜遍了所有的大厅和走廊,都没有发现敌人。

"现在整个古堡都属于我们了!"灰田鼠的首领高兴地向众多灰田鼠宣布。

于是,在首领的带领下,灰田鼠们像火山的岩浆一样向堆放谷子的地方涌去。他们互相推着、挤着、压着、抓着和咬着,把头钻进松松的谷堆,贪婪地咬着颗粒饱满的谷子。

就在这时,远远地传来一阵细小但清脆的笛子声。

笛子的声音一开始吹得很轻,灰田鼠们好容易才能听见,接着声音变得越来越响亮,越来越清晰了。最后,笛子的声音仿佛透过了厚厚的石墙,使得整个古堡都充满了响亮又悦耳的笛声。

灰田鼠们立即抛弃了成堆的谷子,起身向笛声传来的方向跑去。他们就像是被施了魔法一样,像球一样从楼梯上滚下去,从同伴们的身上跳过去,从破开的墙洞里面向外乱窜。

在古堡的院子中央,一个如拇指般大小的小人儿正站在那儿吹奏一支小小的笛子。

四面八方汇聚过来的灰田鼠们把他紧密地包围起来,仰着脸,抬起尖嘴巴,瞪起豆粒一样的小眼睛,呆呆地盯着他。当所有的灰田鼠都来到了院子里,小人儿就开始慢慢地向大门走去。

笛子的魔力太大啦,灰田鼠们根本无法抗拒。小人儿走在他们前面吹奏着,从暮色四合时分开始吹奏起,灰田鼠们便痴迷地黏在他身边,一直吹奏到晨曦微露,再吹到东方亮起了鱼肚白,成群结队的灰田鼠仍旧浩浩荡荡地跟随在他身后,被他吸引得离开大谷仓越来越远了。突然间,他把那只小笛子从嘴边拿开对他们做了个鬼脸。这时候灰田鼠就按捺不住,好像要扑上去把他咬死。可是他一吹起那只小笛子,他们便老老实实受制于他。

就这样,他们走了一整夜。当他们来到湖边时,天已经亮了。紧靠着湖岸,一只灰色的大雁正浮在起伏的波浪上面。

尼尔斯边吹着笛子,边跳上了大雁的后背,那只大雁便慢慢地向湖心游去,小笛子吹奏得更响亮了,他热烈地召唤着灰田鼠们。灰田鼠们好像忘掉了世界上的一切,顿时乱纷纷地窜到湖里去了。

当湖水的波浪淹没了最后一只灰田鼠的头时,大雁和他背上的骑士立马飞上了天空。

"尼尔斯!"阿卡说,"你干得非常好,如果你没有不停地吹奏,那么灰田鼠们就会把你咬死的。"

"是啊,这真不是一件容易的事。"尼尔斯神情严肃地说,"可是谁会相信,这支小小的笛子竟能降服所有的灰田鼠呢!"

"这支笛子可以让一切飞鸟和走兽都听从它的话。只要你吹响这支笛子,狼也会像一只小笨狗一样蹭到你身边跟你亲近。"阿卡说。

"啊,这可真是一支具有非凡魔力的笛子啊!"尼尔斯感叹道。

第七章

"鹤之舞"表演大会

三月二十九日　星期二

太阳刚刚升起，**鹳鸟**先生就过来了。为了答谢雁群帮他们赶走了灰田鼠，保全了格里明根古堡，他特意邀请雁群去库拉山，参观那里一年一次的"鹤之舞"表演大会。

由于尼尔斯的功劳最大，鹳鸟先生让尼尔斯坐在他的背上，尼尔斯知道，能够坐在鹳鸟的背上飞行，是个非常大的荣耀。不过他还是有点儿担心，因为鹳鸟先生是一位飞行高手，他的飞行速度特别快，大雁们的飞行速度根本就不能与他相提并论。就在阿卡奋力地挥动翅膀向前飞翔的时候，鹳鸟先生却在玩弄各种飞行技巧以作消遣。一会儿他在高空静止不动，只是随着气流飞行；一会儿他突然向下俯冲，好像一块石头坠向地面；一会儿他又围绕阿卡兜圈子，仿佛是一股旋风。尼尔斯第一次感受这样的飞行，虽然被吓得不轻，可他还是觉得很刺激。

他们降落在专门留给雁群的山丘上。尼尔斯好奇地四处张望。他发现很多动物都来参加这个表演大会，有长着七枝八叉角的马鹿，有长脖颈的苍鹭，还有一群正吵得热闹的狐狸，以及许多叫不上名字的颜色各异的海鸟。

按照表演大会以往的规矩，每年的表演都是从乌鸦的飞行舞开始，这次也不例外。接下来是山兔、黑琴鸡和马鹿，直到"喔呀，喔呀""嘻嘻，嘻嘻"和"咕咚咚，咕咚咚！"的鸣叫声，以及"噼噼啪啪"的敲打声彻底消失之后，表演大会的压轴大戏——仙鹤的舞蹈，就开始了。

这些仙鹤看起来是多么高贵呀，他们身披灰色暮云般的羽毛，

鹳鸟也会金鸡独立。

我的生物笔记

鹳鸟

一种迁徙的候鸟，每年的8-10月份，会离开欧洲或亚洲北部，到暖和的地方过冬；

长得像鹤又像鹭，身材高大，嘴长，颈长和腿长；

一身灰白色的羽毛，红色的长嘴巴和小脚爪，尾巴较短；

它们喜欢把家安在松树上；

休息时会像鹤一样单脚站立；

最爱吃的食物有鱼、青蛙和昆虫等。

第七章·"鹤之舞"表演大会

一双双轻盈宽大的翅膀上长着漂亮的翎羽,他们的颈脖上还围了一圈朱红色的羽饰。这些长腿细颈、头小身大的仙鹤从山丘上轻盈地飞掠下来,看得大家眼花缭乱。在他们飞掠下来的时候,还旋转着身躯,看似翱翔,却又似在舞蹈。仙鹤们高雅洒脱地举翅振翼,他们的舞蹈动作花样繁多,整齐划一,吸引了每一个观众的目光。难怪这场表演大会要用"鹤之舞"来作为压轴节目呢!

在这一时刻,没有人会想要格斗拼命。相反,不管是长着翅膀的,还是没有长翅膀的,所有的动物都想从地面腾飞,飞到只有美好憧憬的地方去。

精彩纷呈的"鹤之舞"表演大会结束了,尼尔斯仍意犹未尽。自此以后,他再也没有看到过比这更精彩、更美妙的动物表演了。

33

第八章

遭遇下雨天

三月三十日　星期三

"鹤之舞"表演大会结束之后，尼尔斯躺在莫顿的翅膀下，心里开始琢磨："假如能跟随雁群去旅行，经历一些冒险的事，那一定会很开心、刺激啊！或许会挨饿受冻，可是能长见识，总比做个放鹅娃好。唉，就是不知道阿卡会不会收留我呢？"接着，尼尔斯又开始想家了，想象着爸爸妈妈从集市回到家后，发现他们的尼尔斯不见了，还有家里的白鹅莫顿也不知所踪，一定会很伤心难过的吧？想得尼尔斯的额头都快长出皱纹，也没想出个结果来，后来，他不知不觉中进入了梦乡。

第二天一大早，老阿卡率领着雁群来到尼尔斯面前，神情严肃地对他说："尼尔斯，你为我们雁群做了好事，你是第一个帮助我们大雁的人，为了表示感谢，我专门派人去找了那个对你施加魔法的小精灵，跟他说了你救助我们的事情。小精灵许诺说，只要你照顾好莫顿，让他平安地回到家，你就能变回原来的样子了！"

尼尔斯听后，开心地跳了起来。可一想到刚经历过的那么快乐的时光，那么开心的嬉戏，那么惊心动魄的冒险和毫无约束的自由，还有远离地面的高空飞翔，这一切统统将离他远去，他又禁不住号啕大哭起来："我不想变回原来的样子，不想回家。我要跟你们一起去拉普兰！"

阿卡觉得尼尔斯的想法很古怪，但他还是同意了。

"谢谢你，阿卡！"尼尔斯开心地哭着说。

雁群继续向北飞行。飞行中，竟下起了滂沱大雨。尼尔斯骑在莫顿的背上，无处躲藏，雨水不断地落在他的身上，一连淋了几个小时的雨，浑身都湿透了，又迎着风，尼尔斯冻得直发抖。

春雨不断地下着，完全看不出有停止的迹象。当他们终于在 **布莱金厄省** 境内降落下来，才发现这里又潮湿又冰凉，一些土丘还覆盖着积雪，一些土丘则浸泡在半化不化的冰水之中。不过，尼尔斯没有感到沮丧，他心情欢快地跑来跑去，

寻找冻僵了的蔓越橘和野红莓。

等到太阳落山之后,黑暗严丝合缝地裹住了一切,以至于连尼尔斯那样敏锐的眼睛望出去,也是漆黑一片。荒野变得异乎寻常地可怕,四处都传来奇怪的声音。这时,尼尔斯才感觉害怕,害怕得无法入睡。

他决定到有火和灯光的地方去,这样才不至于被吓坏。

"难道我就不能放大胆子,到人住的地方去度过这难熬的一夜吗?"尼尔斯思忖道,"我只需在炉火边暖暖身体,好好地睡

我的地理笔记

布莱金厄省

瑞典东南端的一个省,濒临波罗的海;

是瑞典面积最小人口却最密集的省份;

也是瑞典通往丹麦、德国、波兰等国的门户;

著名的商贸中心,军事地位也相当重要;

另外,闻名于世的沃尔沃、ABB、爱立信等大型企业都在这里。

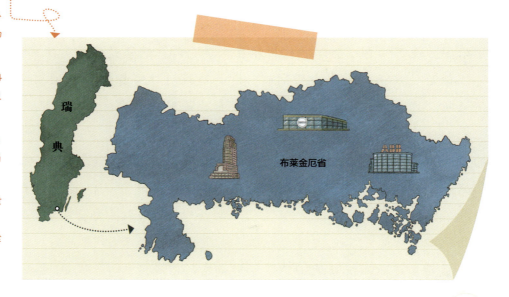

上一觉，在日出之前赶回来，应该是可以的。"

尼尔斯这样打算着，就从莫顿的翅膀底下溜了出来，无声无息地走出了沼泽地。他知道自己是在布莱金厄省境内，就径直朝着一个有光亮的方向走去。没多久他就来到了一个很大的村庄，院落一个挨着一个。尼尔斯边走边听着耳边不断传来的人们的欢声笑语。虽然他听不清他们在说些什么，但还是觉得他们的声音是那么动听，那么亲切。

"我真想知道，假如我敲门请求他们允许我进去坐一会儿，他们会不会同意。"他暗自琢磨着。

有那么一瞬间，他的手就要把门敲响了。可是当他一见到窗户中透出来的明亮灯光，之前怕黑的恐惧心理一下就消失不见了，那种萦绕在他心头的不敢跟人类打交道的顾虑清晰地冒了出来。

"要不这样，"他想道，"我先在村子里兜一圈吧，然后再决定是不是要请求人家放我进屋里坐一会儿。"

在一幢楼上有个阳台的房屋前，尼尔斯刚刚走过去，阳台的门也刚好砰的一声被打开了，一束淡黄色的灯光立刻发散了出来。紧接着，走出来一个长得很好看的少妇，她将身子倚在栏杆上，说："下雨了，看来春天就要来了呢。"

尼尔斯听着她的话，心里立刻生出一股莫名的焦躁情绪来。他的眼睛里蓄满了眼泪，他害怕自己会永远被排斥在人类之外，这还是他第一次因此而感到害怕。

随后他又来到一个小店铺前，看着店铺门口停着的一辆红色的播种机。他停下来对它左看右瞧，最后忍不住爬到驾驶舱里去坐坐。然后，他的嘴里发出吧啦吧啦的响声，假装正在开动这部播种机。他心里暗想，要是真的能够开这样漂亮的机器的话，那真是一件值得骄傲的事情啦。有好长一段时间，他完全忘记了自己只有拇指般大小。然而他很快又想起来了，便立即从机器上跳了下来。他心里更加不安了。他知道，如果一直生活在动物中间，那么必定会丧失许多美好的东西，因为人类的智慧是其他任何动物都不能比拟的。

最后，尼尔斯沉默地回到了雁群栖息的沼泽地。

第九章
关于布莱金厄的传说

三月三十一日　星期四

这天，由于一路上所有水面都结了冰，地面上仍旧是积雪覆盖，大雁们便决定先朝东飞过布莱金厄省，然后再试试看能不能飞越 **斯莫兰省**，因为那地方靠近海岸，春天要来得早一些。而尼尔斯现在只想着继续这次旅行和野外生活，至于其他的，他可不想去费脑筋来琢磨。

漫天的雨雾笼罩着布莱金厄的上空，使得尼尔斯根本看不到底下是什么样子。"我真想知道我身下飞过的究竟是富饶地带，还是贫瘠的土地。"他暗自思忖道。

恰巧这个时候，有只年龄较大的大雁说起了布莱金厄的故事。他讲得太有趣啦，尼尔斯听得聚精会神，以至于在很久以后他只要稍稍回忆一下，就能一字不漏地全记起来。

"斯莫兰省山顶种着许多杉树，看上去就像是一幢幢的高房子，"大雁侃侃而谈，"在这幢高房子前面，设了三级宽敞的阶梯，那就是布莱金厄省。

"阶梯的面积非常宽敞，梯级之间缓缓延伸。它从斯莫兰这幢大房子的正面往外伸展十公里以外，若是有人想要通过阶梯去往波罗的海的话，他必须先走六公里。

"谁也说不清楚建造好这段阶梯用了多少时日。

"正是因为这段阶梯的历史特别久远，所以人们便能接受这段阶梯今天的模样跟刚刚建造时的不同。而且，在三个梯级之间出现了巨大的差别。最高的那一层梯级，也就是离斯莫兰省最近的那个，薄薄的泥

> **我的地理笔记**
>
> 斯莫兰省
>
> 瑞典约塔兰地区的一个旧省；
>
> 与布莱金厄、斯科讷等省相邻；
>
> 这里曾是传统的农业社会；
>
> 是拥有瑞典湖泊数量最多的地方；
>
> 高地、平原、森林和岛礁体现了这里的多样性；
>
> 这里坐落着15家制作顶级水晶的作坊，至今被称为"水晶之乡"。

来这里可以体验水晶之旅！

土上面多半覆盖着小石砾，十分贫瘠，只有白桦树、稠李树和云杉之类能耐得住高原寒冷、缺水的树木可以生长，之外别的树木全都无法生存。其实只要看看开垦在森林中间狭窄的田地，人们建造的低矮窄小的房舍，以及相距遥远的教堂，你就能明白这里究竟有多么的荒凉和贫穷。

"处在中间这一层台阶的土质比较好，很肥沃，而且远离严寒的侵扰，因此那里的树木品种更名贵，长得都很高大繁茂。那里生长着枫树、榭树、心叶椴、白桦树和榛树，却唯独不长针叶松。当然啦，估计你们也猜到了，那里的耕地随处可见，而且人们的房屋都建得更高大、更美观。还有数不尽的教堂和一些很大的村庄，到处都是一幅生机盎然的景象。显而易见的是，这里处处都比最高的那一层更加富饶和美丽。"

"那最后的那层台阶是什么样子的？"尼尔斯问道。

"不要着急呀，尼尔斯，听我接着讲啊。"大雁温柔地回答。

"跟上面两层台阶相比，最下面的这层台阶实在是不能再好了。这里土壤肥沃、物种丰富。因为与大海紧邻，从斯莫兰省刮下来的凛冽寒风经过海洋的滋润，变得十分温和宜人。这里十分适宜山毛榉树、醋栗树和核桃树的生长，它们个个都成长得枝干挺拔，有的甚至与教堂的房顶一般高。这里土地平衍，沃野遍布，阡陌纵横，林业和农业异常发达，同时那里的居民还从事渔业、商业和航海。因此这里的住宅最豪华阔绰、教堂最高大精美、街道最为宽敞，一些村落已经发展成为比较大的乡镇和繁华的城市。

"当然啦，关于这三个梯级的台阶，值得说的事情太多啦。比方说当斯莫兰这幢大房子的屋顶上在下雨，或者冬去春来时屋顶上的积雪融化时，必然会有积水流出来。它们势不可当，顺着大台阶倾泻而下。日积月累，在原本平整的台阶上出现了裂缝、沟壑，积水便顺着这些沟壑湍流。渐渐地，流水把沟壑冲刷成了峡谷，并且在梯级的边沿形成了瀑布，水势澎湃汹涌转化为动力推动水磨的轮子。这样一来，这里的居民就顺势在每个瀑布旁边都兴建了磨坊和工厂。

"当时有个老巨人住在斯莫兰这座'房子'里，他的年龄谁也

鲑鱼长大要经过漫长的旅行哟。

我的生物笔记

鲑鱼

又称三文鱼，冷水性鱼类；

主要生活在大西洋与太平洋，比水洋交界的水域；

是非常有名的洄游鱼类，它们在淡水江河中产卵，再回到海洋中长大，代代如此洄游循环哟；

鲑鱼肉质鲜美，营养丰富，被国际美食界誉为"冰海之皇"哟。

说不清，反正就是很大很大了。他为了能捕捞到 鲑鱼 ，每天不得不走下那段长长的台阶，这让他很懊恼。他想着，假如鲑鱼可以直接游到他的面前来，那就太好了。

"然后他来到自家的房顶上，抓着大石头朝着波罗的海的方向猛掷过去。那些被他投掷出去的石头飞越整个布莱金厄省落进了大海。轰然坠入水中的石头，把鲑鱼惊得从海里溯流而上，沿着急流游进峡谷，纵身一跃到了瀑布的上游，一直游到老巨人面前才停住。

"传说中布莱金厄省海边的许多岛屿和礁石就是那个老巨人原先扔下去的大石头。

"而且，一直到现在，鲑鱼仍然是沿着布莱金厄省的大小河流逆水而上，穿过瀑布和湖泊，历尽波折来到斯莫兰省。有人说，直到今天，那里的居民对那个老巨人仍然既感激又敬仰，若不是他当年投掷的石头，他们哪里可以像现在这样，依靠捕捞鲑鱼和在礁石岛屿上开凿石头为生呢。"

第十章

狐狸斯密莱与喜鹊

四月一日　星期五

自从狐狸斯密莱抓捕雁群失败后，他的运气一直很不好。每天晚上他都是饿着肚子出去打猎，第二天早上回到自己的狐狸洞时，肚子还是空空的。

这样的日子让斯密莱终日一副蔫头耷脑的样子。这天，饿得头昏眼花的他看着树上的松果实在是忍不住了，查看四周没什么人，便迫不及待地把松果塞进嘴里咬开，剥出里面的种子。

"啊哈，真是天大的新闻啊，大家来看斯密莱竟然吃松果啦！"树上突然传出来一阵响亮的喊叫声。

斯密莱一下子丢掉了正在啃着的松果，顺着声音发出来的方向一看，原来是喜鹊太太。

"是你呀，大嘴巴的东西！正好用你来试试看我刚刚用松果磨过的牙齿有多么的锋利！"

"不要做梦了，你的牙齿休想碰到我的羽毛！"

得意忘形的喜鹊太太竟然忽略了斯密莱的智慧，她轻松地跳到了下面的一条枝丫上。刚刚站稳脚跟，还没有来得及翘一翘她的尾巴，斯密莱就已经扑了过来。喜鹊太太使出全身的力气扑打着翅膀，然而斯密莱已经紧紧地抓住了她的尾巴。

"放开我，你这个红毛坏蛋！"喜鹊太太大声叫喊道。

"哼！休想！我要把你整个儿吃进肚子里！"斯密莱恶狠狠地说。

"我可是一直把你当作最亲密的朋友，你竟然要吃掉我，你对我真是太坏了！"喜鹊太太转动着一对小眼睛说道，"我正好有个天大的好消息要告诉你哩。"

"那还磨蹭什么,快告诉我!"

"斯密莱,是这样的,"喜鹊太太扭动着身体说,"就在前几天,阿卡的雁群飞到这儿来了。"

"哎呀,你这个笨蛋,怎么不早说!"斯密莱一听到阿卡的雁群,感觉浑身都充满了力量,立即怒吼着,"雁群在哪儿?快说!快说呀!"

"斯密莱,你快要把我捏死了,快松开我一些,我就跟你说。"喜鹊太太讨好着狐狸。

"我要你立刻就说!"斯密莱一边说着,一边晃动着喜鹊太太。

"他们就在大河那边休息呢,我刚刚从那边飞过来,就是想告诉你,你不但不领我的情,结果还差点儿被你弄死,你对我真是残酷!"

"哼!算你还识相!看你这又瘦又小的模样,都不够我一口吃的,"斯密莱恶狠狠地说,"我真是下不去口!哼,快滚吧!不过,你要小心哟,如果走漏了消息的话,我不会放过你!"

紧接着,斯密莱松开了喜鹊太太,大步奔向大河那边。

第十一章

受蛊惑的貂

黄昏时分，斯密莱看见了雁群。他站在 **罗纳河** 岸边远远地望着，看见阿卡的雁群正停留在沙滩上。

但是，当斯密莱终于看清楚大雁们的栖息地时，他不禁沮丧起来。因为，大雁们选择的地方实在是太安全了，斯密莱根本无法靠近。

他一会儿挠挠头，一会儿蹦几下，眼睛紧盯着大雁们，忽然有了主意。"啊哈，我真是世间最聪明的狐狸呀！"斯密莱心想，"只要我爬下河岸，就能抓到他们了！"可是，光秃秃的悬崖上没有任何东西可以攀援，也没有地方可以落脚。

斯密莱很着急，四处察看有没有可以攀援的矮树。可是，什么也没有。就在这时，斯密莱看见有一只瘦小的貂正沿着光滑的崖壁向下溜，他的嘴里正咬着一只半死的梅花雀。

"哎呀，我要是拥有这样的本领就好了！"斯密莱羡慕地想，"那样的话，雁群想睡个安稳觉简直就是痴心妄想。"

貂儿一看到斯密莱，"嗖"地一下爬到了树顶。

"嗨，貂兄弟晚上好呀，"斯密莱殷勤地说，"我很纳闷，像你如此高明的猎手，居然会把心思放在这可怜的小雀身上？"

貂没吭声，自顾自吃着手里的梅花雀。

"告诉你也无妨，"斯密莱说，"就在河岸边，熟睡着一整群大雁！你却在这儿啃着小雀！"

貂把梅花雀的最后一块骨头咽进了

> **我的生物笔记**
>
> 罗纳河
>
> 流经瑞士和法国的大河，又叫隆河；
>
> 发源于瑞士中南部的阿尔卑斯山的罗讷冰川；
>
> 全长812千米，最后注入地中海；
>
> 它是沟通法国与地中海沿岸的重要通道；
>
> 在法国境内，当属水力最强、流速最快的河流；
>
> 人们常把这里作为旅游胜地，在这里骨雪、登山、骑马以及游览普罗旺斯历史名城都深受游客的喜爱。

肚子里，然后看向斯密莱。"我才不会相信你的鬼话呢，有这样的好事你会告诉我，早自己跑过去了，你这红毛骗子！"

"哼，你可以自己看啊。"

貂飞快地爬下了树，看向河岸。"啊，真是成群的大雁！"话音刚落，貂儿就向雁群奔去。

斯密莱竖起耳朵，等待着大雁们的尖叫。结果，传来的却是"扑通"的落水声，紧接着便是一阵呼啦啦的扑打翅膀的声音。

"又失败了！"斯密莱大声说，"这个大笨蛋，气死我了！"等貂爬上岸时，他那副样子真是狼狈极了。

"你竟然把这大好的机会给白白糟蹋了！"斯密莱轻蔑地说。

"这能怪我吗？"貂抹着眼泪说，"你不知道，我刚爬到雁群旁边，就被一块石头打到了水里。太可怕了——大雁竟能扔石头！"

"傻蛋，"斯密莱说。"那不是大雁，是那个可恶的小人儿干的！"

"啊？什么小人儿？"

斯密莱已无心搭理受伤的貂，飞也似的追向雁群。

第十二章

倒霉的水獭

大雁们被那只受了狐狸斯密莱蛊惑的貂儿折腾得疲乏不堪,他们一路硬撑着慢慢飞向罗纳河,最后降落到那些巨大的岩石上面,准备在那些水柱的掩护下继续睡觉,度过这个夜晚。

一路追踪而来的斯密莱看着安稳睡觉的雁群,又急又气,最后竟忍不住浑身发抖。

"嗨,这不是斯密莱嘛,你在这儿干吗呢?" **水獭** 看着斯密莱问道。

斯密莱忍住发抖,他骨碌碌地转动着小眼睛,竭力想平复此时激动的心情。

"啊,原来是你呀,我亲爱的水獭朋友!"斯密莱高兴地叫道,"难道你没看见发生在你眼前的事情吗?"

"我的眼前发生了什么事情,斯密莱?"水獭问。

"你转头看向那边的大块岩石,就会明白了。"水獭按照斯密莱说的,转头看向雁群休息的岩石,然后他一个纵身,钻进了水里,游向雁群。斯密莱紧盯着水獭,瞪着一对小眼睛一眨不眨。

很快,水獭爬上了岩石。

"快,立刻,马上扑上去呀!"斯密莱焦急地跳着脚喊道。然而,他猛地听见一声凄厉揪心的尖叫,水獭仰面朝天地掉到水里去了。奔腾的湍流立刻像玩弄一只瞎眼的小猫似的,一直把他冲到了下游。斯密莱眼睁睁地看着大雁们拍打着翅膀,冲天而起,去寻找新的栖身之地了。

"又让你们逃脱了!"斯密莱气呼呼地说,接着又准备跑去追赶雁群。他刚刚抬起脚,就踩到了一团肉乎乎、滑溜溜、湿淋淋的

水獭是个杂食家。

我的动物笔记

水獭

也叫獭猫、水狗等,属于鼬科动物;

身体呈扁圆形,头部宽而稍扁;

嘴巴短短的,眼睛和耳朵圆圆的;

喜欢夜间活动,是昼伏夜出的动物;

水性很好,有名的游泳和潜水健将;

主要生活在河流和湖泊一带;

以鱼类为食,偶尔也会捉小鸟、青蛙等来吃。

东西，把斯密莱一下子绊倒了。

"啊，你踩痛我啦！"那团东西大声叫道，"斯密莱，你这样会把我弄死的。"

"啊呸，竟然是你这个大笨蛋！"斯密莱气急败坏地回答。

"哼，你倒是说得轻松，却不知道我的脚掌伤得有多严重！"水獭边抹着眼泪边说。

"你是知道的，斯密莱，我的游泳技巧是极好的。刚才我游到了大雁们身边，刚要扑上去时，突然跑过来一个手指般大小的小人儿，手里拿着一块很尖的铁皮直奔我而来，我躲闪不及，铁皮直接戳到了我的前爪上。疼得我哟，真是钻心啊，还被卷进了旋涡之中。你看看我伤得多么严重！"说着，水獭向斯密莱举起了那只受伤的脚掌，只见他的脚爪中间的薄膜已经被割开，正血淋淋地挂在那儿。

"哼，又是那小人儿干的好事！"斯密莱咬牙切齿地越过受伤的水獭，继续向前追踪大雁们去了。

第十三章

卡尔斯克鲁纳

四月二日　星期六

这是个温度适宜的夜晚。白天曾经有过大的风雨，人们大概都以为坏天气还没有过去，所以大街小巷几乎空无一人。

因为不想再被狐狸斯密莱侵扰，所以阿卡领着大雁们仍然飞翔在空中，他们飞过静谧无声的城市，却不敢停留，飞过了威姆岛和庞塔尔屿，希望能在礁石上寻找一个安全的能过夜的栖息地。

尼尔斯骑在莫顿背上，从高空俯视大海，看着那些散布在沿海的礁石、岛群，就像空中的繁星一样，是那么的神秘莫测。天空早已由湛蓝变成了墨绿色，就像一个无穷大的帽子扣在他的头顶上。而大海则变成了乳白色，上面泛起了一阵阵白浪，银白色的波光闪烁不停。或大或小的礁石、岛屿遍布在茫茫大海之中，在月光下黑黑的，一块块的。就连白天那些白色或者红色的住宅、教堂和磨坊，在墨绿色的天空映照之下看上去都成了模糊的黑色的轮廓。眼前光怪陆离的一切，让尼尔斯觉得，他好像置身在另外一个星球，另外一个他不熟悉的世界里。

就在尼尔斯沉浸在眼前的一切中时，大雁们已经停止了飞翔，陆续降落到了地面上。这是一座城市，也是个岛屿，放眼看去，有闪闪发亮的路灯和点着灯火的窗户，与停泊在岛屿周围水面上的大小不同、形状各异的船只互相辉映。有一些划桨的小艇和帆船，还有一些沿海岸航行的小汽轮，停靠在靠近陆地的浅水里。在大海开阔的远处，则停泊着装甲战舰：它们有的腰宽体粗，硕大的烟囱向后倾斜；有的造型奇巧，身体又细又长，可以想象它们像鱼鳖一样在水里大显身手的绝妙身姿。

这座城市看起来好神奇呀，名字叫什么呢？看着这些造型各异、高大威武的军舰，一个名字出现在尼尔斯的脑海里。尼尔斯最爱看船啦，他从小最喜欢做的事情就是拿着纸做的船在大路旁边的水沟里玩。因此，他可以肯定，这座城市就是 **卡尔斯克鲁纳**。

在尼尔斯还是个小孩子的时候，他的外祖父就跟他经常说起卡尔斯克鲁纳，说那里有修造战舰的造船厂，还有好多著名的引人入胜的名胜。想到这里，尼尔斯有一种回到家乡、回到童年时光的亲切感，他很开心自己能够亲自来到这里，亲眼看一看这个曾经出现在外祖父口中的地方。

毫无疑问，这里是大雁们休息睡觉的好地方，狐狸斯密莱是不

我的地理笔记

卡尔斯克鲁纳

瑞典的东南部城市，布莱金厄省的首府；

名字来源于瑞典国王卡尔十一世，意思是"卡尔的皇冠"；

瑞典唯一的巴洛克风格的城市；

拥有欧洲第二大广场，它仅次于莫斯科的红场；

这里的卡尔斯克鲁纳军港是现今保存最完好的海军基地；

真是够威武气派！

当地著名的节日"仲夏节"前夕，会举办"树叶集市"展览会。

可能跟踪到这里来的。因此，尼尔斯就放心大胆地钻到莫顿翅膀底下去睡个安稳觉了。是呀，这段时间大家都被狐狸斯密莱折腾得疲惫不堪，现在终于可以安心地睡上一觉啦。

仅仅过去了五分钟，尼尔斯已经把自己的身体翻了有十次，他的心里总是想着那些舰船，实在是等不及第二天清早的来临。于是，他偷偷地从雄鹅的翅膀底下溜了出来，来到了陆地上。

很快，尼尔斯就来到了广场上。这可真是个大广场啊，鹅卵石铺成的地面，一直伸展在教堂前面。鹅卵石的大小很均匀，光滑圆润，看上去好看极了。可是，这可苦了尼尔斯，他的小脚踩在这些鹅卵石上面，就像是翻越一个个小丘一样，每一步都走得很艰难。此时的尼尔斯，就像那些久居乡村的人突然站在城里的街道上，看着周围高楼大厦林立，街道笔直宽阔，心里总难免会忐忑不安。走在这样的街道上，周围是川流不息的行人，大家互相打量，那样的情形真是叫人提心吊胆。此时此刻的尼尔斯正处在这样的情境之下。他站在宽阔空旷的斯图尔托利格特广场上，仰头看着壮观的德国教堂、市政府，这个小小的人儿心情越来越紧张，甚至都有立刻转身跑回到莫顿身边的冲动，只有在大雁那儿，他才有安全感。

尼尔斯心里想着那些舰船，胆子也随着大了起来，他沿着大街来到了规模巨大的港口，看见由一条一条的栈桥划分成的许多泊位里，停泊着无数的军舰。如今站在这里观看它们，这些军舰远远比尼尔斯从天上往下看时更大，更威风凛凛。

"啊，怪不得我把它们当成了海里的妖怪呢。"尼尔斯暗自嘀咕着。

接着，尼尔斯兴奋地围着这些军舰转悠了起来，它们都是以前为瑞典海军制造的。这些战舰，曾经立下了无数战功，而为了建造这些战舰，智慧、勇敢的人们是如何不畏艰险，甘冒生命和流血的危险，不惜献出最后一枚铜板的啊。他们值得我们永远地铭记。尼尔斯任由自己思绪飘飞，不知不觉中太阳已经冉冉升起，大雁们很快就看到了尼尔斯，莫顿立刻从空中飞下来把他接走了。

斯图尔托利格特广场，卡尔六世的雕像矗立在这里。

第十四章

偶遇邓芬

莫顿驮着尼尔斯，一直向着 **西诺尔兰省** 的方向飞去。直到感觉饥肠辘辘，他们才减缓了飞行速度，降落在树林中的一片草地上。之后，他们便分头忙着自己的事情，莫顿啄食新鲜的嫩草，尼尔斯则四处找寻隔年的胡桃和蔓越橘。

尼尔斯认真地在灌木丛里寻找着，从一棵树走向另一棵树，摸索着每一片矮树丛。突然，他听见一阵沙沙声和树枝折裂声，尼尔斯停住了脚步。

"是你吗，莫顿！你在这儿做什么呢？"尼尔斯惊奇地问。

但回答他的只是一阵沙沙声，接着，一个陌生的好看的鹅头从矮树丛中慢慢地伸了出来。

"噢，你不是莫顿！"尼尔斯叫道，"可是，你是谁呀？你为什么独自出现在这里？"

"啊，我是邓芬，因为我的女主人要杀掉我，所以我逃出来了！"说着，母鹅的白头从矮树丛中伸了出来。

> **我的地理笔记**
>
> **西诺尔兰省**
>
> 瑞典北部的一个省，位于波的尼亚湾畔；
>
> 首府海讷桑德是瑞典的港口城市，主要出口木材；
>
> 这里四季分明，属于海洋性气候，比较温暖；
>
> 冬季会出现美丽的北极光；
>
> 夏季白天悠长，北部有白夜和午夜太阳的日光景观。
>
> 午夜太阳就是极昼现象。

瑞典

西诺尔兰省

"你不要害怕,邓芬,我不会伤害你的。"尼尔斯很有礼貌地鞠了个躬,"你可以叫我大拇指儿,大家都是这样叫我的。"

"噢,你就是大拇指儿?"母鹅邓芬惊讶中透着怀疑地问,"就是大家说的那个小人儿尼尔斯吗?你创造的那些奇迹,树林里的鸟儿们,还有小动物们常常说起。"

"这么说,你也听说了关于我的事情,"尼尔斯既高兴又有点儿害羞地说,"这样一来,我们不就成了老朋友吗。你知道莫顿吗?我是他的旅伴,他也在这儿。我们一起去找他吧。他看到你一定会非常高兴的。你知道吗,他跟你一样,也是一只家鹅,他也是从家里逃出来的。只是我的妈妈,也就是他的女主人决不会杀他。"

尼尔斯絮絮叨叨地说着,然后把母鹅邓芬带到了莫顿跟前,莫顿看到邓芬,非常高兴,甚至忘掉了自己正在采食鲜草。

"见到你非常高兴,邓芬。"莫顿先是用硬嘴把胸前的毛理得溜光水滑,张开翅膀,把长脖子弯得像弓一般,然后深深地鞠着躬说,"真佩服你的勇敢。不过,你独自住在这树林里一定很害怕吧?"

"唉,你说到我的心坎里了,莫顿。"邓芬好看的眼睛里闪烁着温柔而又哀伤的光芒,语调十分可怜地说,"来到这里后我没有得到过一刻的安宁。就在昨天夜里我打盹的时候,蚂蚁把我的腿咬出了血,可恨的貂儿又险些咬伤了我的翅膀!"邓芬话音刚落,就忍不住伤心地哭了起来。

"不要哭啊,邓芬,"一看见邓芬开始哭泣,莫顿突然感到心里难过极了。他转头看了看尼尔斯,神情坚定地说,"这里有我和尼尔斯在呢,让我们一起来想办法吧。"

"莫顿,我想出办法来了!"尼尔斯欢快地叫道。"她可以和我们一起飞走,一起飞到拉普兰去。"

莫顿对尼尔斯的建议感到满意极了,他丝毫不怀疑阿卡会接受邓芬的加入。他看着性情温柔的邓芬,用鼓励的语气说道:"是啊,邓芬,就听尼尔斯的建议,跟我们一起飞走吧,我们一起去拉普兰!"

"尼尔斯,莫顿,谢谢你们,"邓芬一扫刚才的悲伤,说,"只是,只是我飞得不好,我担心会耽误你们的行程……"

"不要担心,邓芬,我可以教你飞翔呀。"莫顿一脸认真地看着邓芬说。

"谢谢你莫顿,其实,我已经掌握了一点儿飞行的本领。"说着,邓芬在草地上跑了起来,她拍打着翅膀,越跑越快。突然,她屈起双腿,向上一跃,就飞翔在两米高的空中了。

"太棒了!邓芬,你飞得真好!"莫顿开心地叫道:"尼尔斯,快坐上来!"

尼尔斯一下子就跳到了莫顿的背上,他们三个一起朝北飞,一口气飞到了 **西约塔兰省**。

到了傍晚时分,他们降落在长满了密密芦苇的湖岸边上。

| 第十四章·偶遇邓芬 |

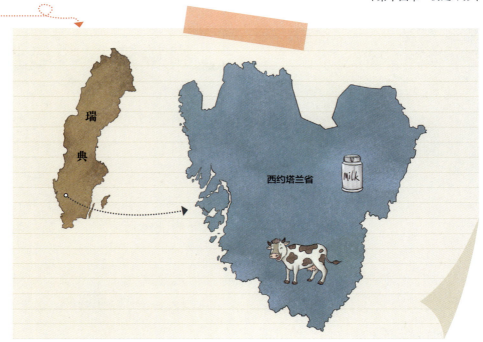

我的地理笔记

西约塔兰省

瑞典的一个大省,位于瑞典西海岸,面积约2.4万平方千米;

首府哥德堡市则是瑞典第二大城市,不仅是一座风光秀丽的海港城,也是北欧的工业中心;

同时,也是交通枢纽,有公路、铁路和水路与挪威、丹麦相连;

这里也是养牛大省,每年产奶量达几十万吨,可够63000万欧美国家的人喝一天呢。

这里是产牛奶大省!

"莫顿,邓芬,"尼尔斯说,"你们瞧啊,这儿的草是这么的鲜美,还有湖里的水也清澈甘甜!"

"是啊,这里真是太美了!"莫顿心不在焉地说。因为大家都看得很清楚,从落地到现在,莫顿对眼前的一切自始至终瞧都没有瞧上一眼。如今的莫顿,心里只装着一件事,那就是如何让邓芬接受自己,他真心地喜欢上了这只有着一对明亮眼睛、性情温柔的母鹅。

不过,莫顿的顾虑并没有持续多久,因为有热心的尼尔斯在一旁帮忙,他们很快就成为亲密的一家人。看着这一对恩爱的鹅,尼尔斯开心极了,他相信莫顿会很好地保护邓芬,更加盼望着邓芬能给莫顿生很多的孩子。最让尼尔斯开心的是,当他们三个与雁群汇合的时候,阿卡也是一下子就喜欢上了性情温柔的邓芬,觉得她完全配得上莫顿。他很高兴莫顿能找到如此心爱的妻子,其他的大雁也为莫顿高兴,纷纷为他们送上美好的祝福,祝福他们夫妻二人早早地生出更多的小鹅来。

第十五章

蝴蝶变成的岛屿

这天,雁群在阿卡的带领下,一路向北飞行,夜幕降临后,他们落在一个狭长的海岛上,准备在这里过夜。

夜深了,尼尔斯却怎么也睡不着,他央求阿卡给他讲点儿新鲜事。老阿卡经不住尼尔斯的请求,便答应了,他清了清嗓子,讲了起来:

"传说有一只很大的蝴蝶。她的身体足足有几十千米长,一对翅膀有两个湖泊那么宽,翅膀上的花纹则像是湖泊上的粼粼波光,漂亮极了。每当她飞翔的时候,所有的动物都会被她优美的身姿吸引。

"这天,这只蝴蝶想要飞到波罗的海上去看看。可还没飞出多远,就碰上了暴风雨。海上的暴风雨实在是太可怕啦,狂风吹打着她那对漂亮的大翅膀,很快就把翅膀撕裂开来,翅膀的碎片随风飘走了,而蝴蝶也无助地坠入了海中。刚开始,她还随着海浪漂流,后来就被海浪推到了斯莫兰省外面的一个暗礁上。"

"好可怜的蝴蝶呀!"尼尔斯感叹道。

"很快,那只蝴蝶的身体

被石灰质浸透了,变得像石头一样坚硬,就这样变成了化石。"阿卡接着说,"我们现在休息的这个 厄兰岛 ,其实就是那只蝴蝶变成的啊。之后,海风带来各种植物的种子,在这里生根发芽。这样,当初光秃秃的山坡上逐渐被薰衣草、野蔷薇和玫瑰等植物覆盖了。又过去了很多年,随着潮汐和海浪的起伏、涌退,大海中的海藻、泥沙、贝螺逐渐堆积在这个海岛的四周,同时,从山坡上冲刷下来的泥石也逐渐在山的东侧和西侧堆积起来。就这样,宽阔的海岸慢慢地形成了,当初的岩石已经变成了海岛。人们陆续来到这里,建造了房屋,还种植了粮食和树木。从此,人们就在这个岛上快乐地生活着。虽然人们并不知道这个岛曾经是一只蝴蝶,她曾经扇动着闪闪发光的巨大翅膀飞来飞去,但是人们根据这个岛的形状给它取了个名字——蝴蝶岛。"

"阿卡,我觉得,"尼尔斯轻声地说道:"估计还真有人知道曾经发生过的一切呢。因为只要他们从 卡尔马海峡 向远处望,就会发现这个岛有多么神奇。"

静谧的空气中,传来阿卡细弱的声音:"听说,那只蝴蝶一直在苦苦地思念着她失去的那对美丽的翅膀。"

说完,阿卡沉默了,岛上一片宁静,只听到海浪轻拍海岸的声音。

第二天一早,雁群横越卡尔马海峡向陆地高速飞去。

我的地理笔记

厄兰岛

波罗的海岛屿,隶属于瑞典,也是瑞典第二大岛;

岛上多石灰岩和沙脊,几乎是不毛之地;

风车是这里的显著特征,最多时有2000多座风车;

因为地理位置重要,也曾是瑞典和丹麦之间的战场。

卡尔马海峡

波罗的海中的海峡,位于瑞典大陆与厄兰岛之间;

长140千米,最窄的地方只有3千米;

海峡两侧有卡尔马、奥斯卡和博里耶霍尔姆等港口;

此外,这里拥有欧洲最长的公路桥,长达6000多米呢。

第十六章

小卡尔斯岛

四月八日　星期五

尼尔斯骑坐在莫顿背上，觉得风越来越大。眼看着雁群朝着一座峭壁飞去，尼尔斯正要提醒雁群，却发现峭壁上有一个洞口，大雁们陆续飞入洞中，风声被留在了洞外。

安定之后，雁群借着洞口的光线，发现在一处阴暗的角落里有几个发亮的光点。"哦，我的老天，"阿卡惊呼起来，"这可是一群大动物啊！"大雁立即向洞口跑去。尼尔斯及时阻止了他们，向他们喊道："不要害怕，他们是绵羊！"

领头羊走到阿卡面前，向他恭敬地鞠躬致意。"见到你很荣幸，来自大雪山的朋友。"他说。

"我们刚遭遇了风暴，现在疲累极了，不知能不能在这里借宿一晚？"阿卡问道。领头羊欣然同意了阿卡的请求，还为他们提供了谷糠等食物。

大雁们吃饱喝足之后，就听领头羊告诉阿卡，这里是小卡尔斯岛，住在这里的只有羊和海鸟。尼尔斯听到这里，很想出去转转。那只领头羊许诺尼尔斯，明天会带他去参观海岛。

第二天一大早，领头羊就带着尼尔斯和莫顿来到了山顶。

"这里真美呀！"尼尔斯惊叹道。

"这里确实很美。如果没有狐狸来打扰我们，那就更美好了。"领头羊说道。

尼尔斯和莫顿开心极了，欢快地跑来跑去，

法罗群岛

我的地理笔记

卡尔斯岛

法罗群岛东北部的一个小岛；

位于挪威海和北大西洋之间；

小岛面积不到31平方千米，岛上居民只有几百人；

西部有陡峭的悬崖，南北两端各有一个灯塔；

除了当地居民，这里还栖息着数量庞大的海鸟的。

完全没有注意到有三只狐狸爬上了山顶。狐狸们很明白，要在开阔地带谋害一只鹅的性命，那几乎是不能得逞的事情。于是他们就跳进了一条很长的裂缝里，打算偷袭雄鹅莫顿。他们行动得小心翼翼，雄鹅莫顿丝毫也没有注意到他们，仍然欢快地玩耍。

狐狸们快要走近莫顿时，莫顿拍打了几下翅膀，丝毫看不出他会飞起来。于是狐狸们恍然顿悟，原来这只鹅是不会飞的。他们就不再犹豫了，一口气直窜上山顶，一齐纵身扑向莫顿。

只见莫顿直接朝旁边利落地一闪身，狐狸扑了个空。尼尔斯反倒骑在鹅背上朝着狐狸大喊道："你们这些坏蛋，吃羊肉吃得浑身肥膘，胖得连只鹅也追赶不上！"他的呼喊立刻激怒了那三只狐狸，他们暴跳如雷，哇哇大叫着，不顾一切地往前直冲向莫顿。

莫顿飞快地跑到豁口边上，双脚一蹬，展开一对大翅膀，"呼"地一下子就飞跃了过去，在他们身后传来了疯狂的嚎叫和利爪抓挠岩石的声音，随后又听见身体坠到谷底的沉重响声。

狐狸却再也不见了踪影。

第十七章

斯莫兰的传说

四月十二日　星期三

很快，雁群又飞过了 哥得兰岛，然后直接飞到了斯莫兰省的北部。这里既像陆地，又像海洋。那些伸向陆地各处的海湾，把陆地分割成了无数的岛屿、半岛和岬角。

现在已经是傍晚时分，天色变得越加昏暗，由无数的小丘组成的陆地安静地伏在月光闪烁的海湾里。尼尔斯站在比较高的小丘上放眼看去，只见这些岛上有一些屋舍，在岛中央的住宅看上去既宽敞又高大，最边上还有一栋气派的海景房。

狭长的海岸边，长着郁郁葱葱的大树，树林后面是一块块肥沃的耕地，而在小丘的最上面又是繁茂的树林。从岛屿上空俯瞰，岸边已是春意盎然。虽然那些树木还没有换上绿装，但是树底下的地

哥得兰岛

> **我的地理笔记**
>
> 哥得兰岛
>
> 瑞典最大的岛屿，位于波罗的海上，面积约 3145.43 平方千米；
>
> 与首都斯德哥尔摩有飞机航班和航船相连；
>
> 战略位置很重要，自古就是贸易中心；
>
> 也是守卫首都的"海上尖兵"；
>
> 同样也是旅游胜地，每年游客可达几十万人呢。

面上已经铺满了银莲花、番红花和打碗花。

由于阿卡说了他们要尽快地赶到南方去,因此就不能在斯莫兰逗留了。这样的安排让尼尔斯心里感到很遗憾。在他还是放鹅娃的时候,听到最多的传说几乎都是关于斯莫兰的,所以他一直盼望着能来这里看看。

尼尔斯记得很清楚,就在去年夏天,他每天都要见到两个来自斯莫兰省的孩子。他们都是放鹅娃。姐姐叫奥萨,弟弟叫马茨。尼尔斯就是因为这姐弟俩讲述斯莫兰的传说而差点儿动手打小马茨呢。

事情的经过是这样的:几乎每个见过奥萨的人都会说她是个聪明懂事的好姑娘,而她的弟弟小马茨却太调皮,让尼尔斯忍不住想揍他一顿。当然,尼尔斯并没有动手。

"你听说过斯莫兰的传说吗,尼尔斯?"小马茨一脸炫耀地问尼尔斯。

"还是我来说吧。"没等尼尔斯回答,小马茨就讲了起来。

"当时上帝正在创造世界,他先是在南面创造了斯康耐省,然后问路过这里的圣彼得是不是做好了自己的工作。'我很早就做好了。'圣彼得答道。每个人都能从他的语气里,听得出他对自己的工作是多么的满意。

"当圣彼得站在斯康耐省的土地上时,他必须从心底里承认,这里被建得太好啦。平坦的原野上一眼望不到边，一个山脊都看不到。肥沃的土地十分便于耕作。显而易见，上帝是为了让人们能够在这里更加舒适地生活。'嗯，这真是个好地方，'圣彼得说，'可是我认为我建造的地方也很好呀。''那好，我们一起去看看吧。'上帝说。

"当上帝看到眼前的一切时，禁不住惊呼出声：'圣彼得，这就是你所说的很好？'

"圣彼得也被眼前的景象惊到了。他认为，只要拥有足够的热量就能保证土地充满生机。所以，他为了吸收更多的阳光，就把收集来的山石堆积成了一块高地，并且在上面撒了一层土，以为这样就高枕无忧了。

"但是，在他离开斯莫兰去斯康耐的时候，这里下了几场大雨，不仅所有的土都被雨水冲走了，还使得光秃秃的山石都暴露了出来。曾经的沃土变成了沙砾，看起来十分贫瘠，估计不会有植物生存下来吧。其余的地方都是水。到处可见湖泊、河流、沼泽和泥塘。更糟糕的是，有的地方发生了涝灾，而另外一些地方却出现了干旱，微风轻轻一吹就是漫天的尘土。

"'圣彼得，你是不是应该对眼前的一切作个解释啊？'上帝问道。圣彼得辩解说，他之所以把地造得很高，是因为这样就能从太阳那里吸收到充足的热量。'但是，你知道夜间的寒冷也是从天上而来呀，'上帝说，'所以我很担心，那些能在这里生长的少数植物也会被冻死。'

"圣彼得压根儿就没想到过这一点。

"'这里将是一块又贫瘠又容易遭受霜冻侵袭的地方。'上帝说。"

小马茨刚停下讲述，放鹅姑娘奥萨就抗议道：

"小马茨，你这样说斯莫兰我不能赞同，"她用略带激动的语气说道，"你知道卡尔马海峡附近的莫勒地区吗？那里可是远近闻名的富庶产粮区。那里耕地遍布，土地非常肥沃，我想不出有什么东西不能在那里生长。还有美丽的比尤斯特的港湾、小岛、庄园和树林，还有……"

"哎呀，我的好姐姐，"小马茨打断了奥萨的话，"我不过是在重复别人从

前说过的话罢了。"

"而且，老师说过，"奥萨说："斯莫兰在维特恩湖以南的地方是全瑞典最繁荣、最漂亮的。那里有景色优美的湖泊和山麓，有格莱那镇和盛产火柴的延切平市，还有数不过来的大工厂！"

"是的，事实跟你说的一样。"小马茨说。

"喂，放鹅娃尼尔斯，你以前从来没有听说过这些吧？"小马茨趾高气扬地说道，尼尔斯气得真想冲上去揍他一顿，可最后他还是忍住了，然后一声没吭地直接转身就走开了，一整天都没有再搭理这斯莫兰姐弟俩。

第十八章
被强盗头子抓走

四月十五日　星期五

狐狸斯密莱一刻也没有停歇地追逐着雁群。他就像是雁群的影子一样，只要有雁群的地方，就会看到斯密莱的身影。

这天，斯密莱想去他的老朋友乌鸦那儿逛逛。这群乌鸦住在索耐尔布县与 哈兰省 交界的强盗山，是一帮真正的强盗。当斯密莱到那儿时，乌鸦们正在那里聚会。他们围绕着一个巨大的瓦坛兜圈子，还大声地"呱呱"叫着。

原来，那个瓦坛口被一个木头盖子紧紧封住了。老乌鸦富姆莱正站在瓦坛子上面，啄着盖子。

"晚上好呀，富姆莱，我的朋友，"斯密莱说，"你这是在干什么呀？"

"你好，斯密莱，"富姆莱一面回答，一面用劲地啄着盖子，"我刚刚得到了这个宝贝，很想知道里面是什么，但是却无法打开盖子！"

斯密莱来到瓦坛子眼前，用脚爪踹倒了它，开始小心地把它滚动起来。坛子里顿时发出稀里哗啦的金属撞击声。

"啊哈，是银圆！"斯密莱说。

"你说这里面都是银圆吗？"富姆莱"呱

我的地理笔记

哈兰省

瑞典西南部的省，北靠西哥特兰省，南接斯科讷省；

面积达5710平方千米；

省内拥有广袤的森林，大小湖泊和岛屿也很多；

交通发达，高速公路和铁路是连接哥德堡与马尔默的大动脉；

拥有瑞典最大的核电厂和世界上都相当当的造纸厂；

此外，这里生产的玻璃窗户，供得上整个北欧的需求啦。

还有，曾享誉全球的罗克赛特乐队组合也出自这里的！

这个乐队很出名哟！

呱"地大叫，又开始去啄盖子。

"我说朋友，"斯密莱说，"用你的嘴是解决不了这个难题的。但是，我可以推荐给你一个能打开坛子的人。"

"是谁呀？你快说呀！"乌鸦们从四面八方冲着斯密莱喊叫着。

"在阿卡的雁群里，有个叫尼尔斯的小人儿，"斯密莱说，"他是个聪明伶俐的人，尤其是有一双极其灵巧的手！"

"他在哪儿？快把他抓过来！"乌鸦们又开始乱叫。

"我这就告诉你们他在哪儿，不过你们得把他交给我。"

"只要他能帮我们打开这个盖子，"富姆莱喊着，"就随你处置好啦，斯密莱！"

斯密莱在富姆莱的耳边嘀咕了几句，富姆莱就飞走了。

此时的尼尔斯正在四处游荡着寻找吃的，突然，一个尖尖的东西在他的后脑上猛烈地敲了一下，然后不知什么家伙的利爪抓住了他的衣领，尼尔斯觉得自己一下子升到了空中。

尼尔斯使劲地挥着手，踢着脚，想打退那个看不见的敌人，但一切都是白费力气。他旋转着，挣扎着，就像是一个牵线的木偶。

"莫顿！快来救救我啊！"尼尔斯大声呼救。

"闭嘴，你个小东西！"富姆莱对着尼尔斯的耳朵喝道，"你要是再叫，我就把你直接丢下去！"

尼尔斯就这样在天地之间晃荡着，一直朝着西南方那座光秃秃的强盗山飞去。

第十九章

坛子里的银圆

不一会儿,尼尔斯被带到了乌鸦们的面前。乌鸦头子富姆莱把尼尔斯直接推到瓦坛子跟前,叫道:"看见这个坛子没有?里面都是银圆。你必须把它给我打开。如果你做不到,我就啄瞎你的眼睛。打开了,我们就放你走。"这时候,斯密莱探出头来望了一下,立刻又缩回去了。

"啊,原来都是这红毛骗子干的好事!"尼尔斯看见了斯密莱。尼尔斯走近坛子,装出一副胸有成竹的样子,然后凑近富姆莱,压低声音说:"打开坛子对我来说非常容易,但我觉得,你这是白费力气呀,因为你一个银圆都得不到。"

"怎么会一个都得不到?"富姆莱怒气冲冲地说。

"原因很简单。你眼下是在跟狐狸斯密莱打交道,他等在这儿的目的就是想侵占你所有的银圆。只要我打开盖子,他就会立刻扑上来,连一块银圆也不会给你!"

"原来是这样!"富姆莱的眼睛里发出了愤怒的目光。尼尔斯从口袋里摸出小刀,开始慢慢地撬着盖子。而富姆莱已经去找斯密莱算账了。

尼尔斯撬得连汗都淌下来了,还没撬开。这时,他发现一根又尖又硬,被啃得光光的骨头。于是,他拿起那根骨头,骑在横倒在地上的坛子边沿上,把那根尖骨头撬到盖口的缝隙中去。突然,坛子盖从坛口弹出,尼尔斯则跌倒在地。

"哇啦!哇啦!哇啦!"乌鸦们看到坛子里的银圆,高兴地呱呱乱叫。

富姆莱赶走了狐狸斯密莱,它把一枚银圆丢到尼尔斯的怀里,说道:"收下你的一份,现在立刻出发!我也要兑现承诺。可是你们住的那个岛离这儿太远了,我只能把你放在附近。要不,我的那些手下会趁着我不在把银圆通通抢光的。"

说完,富姆莱用爪子抓住尼尔斯的衣领,拍打着翅膀飞到空中去了。

不远处的斯密莱,早看见老乌鸦抓着尼尔斯落到了岛的附近,然后又独自飞回强盗山去了。等到富姆莱飞远了,斯密莱拔脚跑进村子,用小眼睛四处搜寻起来。正当他拐到第二条街道上时,突然有个东西一头就撞进了他的怀里,正是尼尔斯。

第二十章

斯密莱被锁

　　正在四处寻找尼尔斯的狐狸斯密莱一时没反应过来,差点儿被撞倒。尼尔斯趁着他迟疑的工夫,立刻从篱笆下面钻到一户人家院中的狗屋里。狗屋里住着一只守夜狗,他正被一条链子拴着。大狗看着突然闯进来的尼尔斯,很不高兴,冲着尼尔斯"汪汪"地吼叫起来。

　　"请你不要把我赶出去,"尼尔斯请求道,"狐狸斯密莱会把我吃掉的!他现在就在你的房子外面。"

　　"什么,这个红毛坏蛋就在外面?"大狗喊叫着。

　　"嘘,小点声!"尼尔斯低声说,"我这就把你的项圈解开,然后你就能捉住他啦。"

　　大狗听了尼尔斯的建议,他对自己能获得自由感到非常高兴。项圈被解开后,他兴奋地晃了晃头,向外面探了探头。

　　果然,狐狸正站在狗屋门前呢。

　　"坏蛋,快点儿滚开!"大狗向他吼道,"否则我会让你知道我的牙齿有多么锋利!"

　　"哼,你就吹牛吧!"狐狸冷笑着说,"我看你跳不过五步远。"

　　"是吗?那我这就让你看看我究竟能跳几步!"说着,大狗就扑向了斯密莱,一口咬住了他的脖子。尼尔斯拿着皮项圈走出了狗屋。

　　"你好啊,斯密莱!"尼尔斯一面快乐地说着,一面把铁链子挥得锵锵地响,"来吧,试试我们给你准备的这条漂亮的腰带!"

　　尼尔斯把项圈的一端从斯密莱的肚子下面塞过去,"咔嚓"一声锁上了。

　　"啊哈,真是条漂亮的腰带!"尼尔斯一面感叹着,一面绕着斯密莱手舞足蹈。斯密莱咬紧牙关,把身体扭来扭去,却是白费力气,因为那个狗项圈已经紧紧地捆住了他的肚子。

尼尔斯走出狗屋,刚来到村子的尽头,就听到呼叫他的声音。

"尼尔斯,你在哪儿?"是莫顿的声音。

"我在这儿啊,莫顿!"尼尔斯高高地跳了起来。

白鹅莫顿立刻飞了下来。

尼尔斯亲热地拍着莫顿的脖子:"你知道是谁唆使乌鸦来抓我的吗?"尼尔斯自问自答,"是狐狸斯密莱!不过,我已经用铁链把他锁起来了。"

莫顿高兴得跳了起来:"尼尔斯,你真棒!我们赶快把这个好消息告诉阿卡去!"

"狐狸斯密莱被尼尔斯用铁链锁起来啦!"莫顿远远地向雁群喊道。

这个好消息很快就被大雁们传开来,不久,就连住在 东约特兰省 的人们也听说了这件事。尼尔斯为自己能帮助大雁们做事感到十分自豪。

我的地理笔记

东约特兰省

瑞典东南部的一个省,濒临波罗的海;

首府林雪平市交通便利,方圆1小时车程,可到达瑞典三分之二的地方;

自然资源丰富,森林覆盖率达到了全省面积的一半以上呢;

而且,四分之一的土地都是耕地,利于农业发展;

这里还曾是瑞典天主教中心,瑞典文明的发源地之一;

现有6万多处历史遗迹,遍布全省的。

第二十一章

坠入熊洞

四月二十八日　星期四

这天,尼尔斯跟着雁群来到了 **西曼兰省** 的上空。太阳刚刚西斜,吹了一天的西风力量明显减弱了,坐在白鹅背上的尼尔斯新奇地看着地上的矿区,他想好好地看看这里的风景,然而由于风太大了,在漫天灰尘的遮挡下,地面上只显示出一个笔直下去的黑洞,在大洞顶上有一个升降装置,是用粗原木搭起来的,它的周围是大堆的石头。尼尔斯问阿卡:"阿卡,这是哪里呀?这里的石头太多太大啦!"

阿卡回答:"这些大石头啊,都是铁矿石。尼尔斯,你看见中间的那几间大房子了吧,那就是大型炼铁厂。"这时吹来了一阵狂风,尼尔斯一个倒栽葱从莫顿背上滚落下来,就像是一个断了线的风筝般,荡悠悠地落到地面上,好在他又小又轻,才没有受伤。

"啊哈,我从天上摔下来居然毫发无损,真是神奇呀,"尼尔斯嘀咕着,然后放开嗓门喊起来,"阿卡,莫顿,我在这里,快来接我呀!"

但是,一心专注飞行的莫顿,还有雁群压根儿就没有发现尼尔斯已经离开了队伍,他们渐渐飞远,最后消失不见了。虽然没有得到应答,但是尼尔斯毫不惊慌,他知道伙伴们是不会丢下他不管的。于是,他打量着四周,发现自己掉进了一个又深又宽的矿坑里,到处都是很大的石头。

> **我的地理笔记**
>
> **西曼兰省**
>
> 瑞典中部的省,靠着梅拉伦湖(瑞典第三大湖);
>
> 与南曼兰、厄勒布鲁、达拉纳和乌普萨拉等省相邻;
>
> 首府韦斯特罗斯是个古老的城市;
>
> 工业一直很发达,是个历史悠久的工业城市;
>
> 南方是美丽的湖光,北方是丘陵和密林,风景优美。

"看来我必须爬上去,否则他们是不会找到我的!"尼尔斯正要往上爬,忽然他的衣服被人从背后揪住了,一个粗暴的声音在他耳边吼道:"你是谁?"

尼尔斯转头一看,竟然是一只大熊!吓得他一下子坐在了地上。

大熊在他身上闻了闻,好像随时都会一口把他吞下肚去。过了一会儿,她喊道:"大宝二宝,快过来,妈妈给你们找到好吃的啦!"

两只毛茸茸的小熊跑了过来:"噢,妈妈,是什么好吃的呀?"

尼尔斯一听,绝望地想:"这回不用再想跟莫顿旅行了,我就要被熊吃掉了!"一只小熊跑过来叼起尼尔斯就跑,另外一只小熊立即紧追其后,两只小熊很快便滚抱在一起,又是厮打,又是嘴咬、爪抓,吼叫成了一片。尼尔斯见他们只顾着厮打,准备悄悄地溜走,他刚迈开腿,就被小熊们发现了,一起将他抓了回来,把他像扔玩具一样地扔来扔去。有时还故意放开他,再抓回来,玩得很开心。

两只小熊玩累了,该睡觉了,熊妈妈把尼尔斯放在他们中间,说:"不要让他逃走了,明天再接着玩儿!"

> **我的地理笔记**
>
> **韦姆兰省**
>
> 瑞典中西部的省，西面与挪威相邻；
>
> 首府卡尔斯塔德是省内最大的城市哟；
>
> 该省南北跨3个气候带，气候多样，风景美丽；
>
> 著名女作家塞尔玛·拉格洛夫的故乡就是这里；
>
> 这里是诺贝尔文学奖的诞生地。
>
>
>
> 她是瑞典第一位诺贝尔文学奖获得者，代表作就是《尼尔斯骑鹅旅行记》。

很快，天完全黑下来了，一只身材硕大的公熊笨重地从坑道上走进窝里，一进来就到处闻："嗯，这里怎么会有人的气味？"

母熊说："你就会胡思乱想，咱家里怎么会有人的气味？还是给我说说你这几天干什么去了吧！"

"啊，我出去寻找新家了，"公熊叹了口气说道，"我先去了**韦姆兰省**，住在那儿的亲戚都搬走了。如今整片森林里就剩下我们一家了。唉，看来人类是要独占整个大地啦，我们得赶紧想办法搬家。"

母熊叹气说："能搬到哪里去呢？我们不伤害牲畜和人，只吃些蔓越橘、蚂蚁和青草，可人类还是不让我们在森林里生活，到哪里才能过上安稳日子呢？"

尼尔斯伸出脑袋想看看公熊，有一只小熊把前掌伸到了他的脸

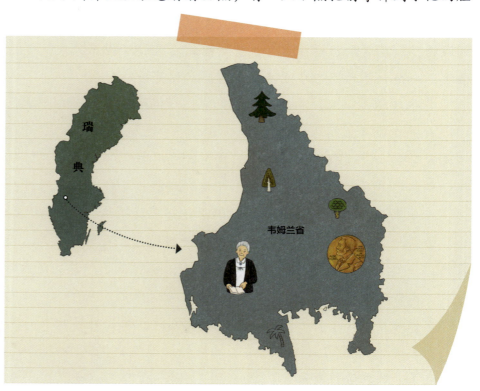

上，捂得他很难受，忍不住打了个喷嚏。

公熊听到声音，一下子就发现了尼尔斯，扑过去直接将他拎了出来，想一口把他吞下去。母熊赶紧站在他们中间，拦住自己的丈夫说："这是孩子们心爱的玩具，他们今天玩得很开心，明天还要接着玩儿呢！"

"你难道没闻到他身上有一股人的气味吗？不把他吃掉，会让我们倒霉的。"公熊说完，张开了血盆大口，尼尔斯突然从衣服口袋里掏出火柴，划着了一根，直接塞进公熊的嘴里。

公熊吓坏了，赶紧闭上嘴巴，闻到一股硫黄的气味，顿时愣了一下，问眼前的小人儿："哦，你会这种点火的法术？你能把森林和房子都点着吗？"尼尔斯点点头说："当然能！"

公熊大喜过望地叼起尼尔斯，跑到森林边的山坡上，对他说："现在你看看下面那个声音嘈杂的大工厂，你把它点着，他们破坏了我的家园！自从这块土地有森林以来，我的祖先

就居住在这里，一代代生活得十分安逸。人类刚开始打扰我们的时候，只不过是开山劈崖，刨出一点儿矿石，我们还能忍受。可是近几年，这里完全变了样，建起了很多大工厂，到处都是人，日日夜夜敲啊，锤啊。亲戚们都搬走了，我本来也想搬走，可是，你让我想到了一个好主意，你帮我把这些工厂全都烧掉，我们一家人就可以安心在这里住下去了。"

尼尔斯看向忙碌的工厂，工人们正在紧张地劳动，他心想："工人们依靠劳动挣钱，换来了面包、衣服、住房，我怎么能放火烧掉工厂呢？而且，人类需要铁，比如耕地的工具、做家具的钉子、劈柴用的斧子、做饭用的锅还有军舰和火车也都包着铁皮，就连自己防身用的小刀都是铁做的。"于是，他坚定地对公熊说："我不会帮你烧工厂的！因为铁的用处实在是太大啦！"

公熊气得抓住他，凶巴巴地喊道："好啊，既然你不肯帮忙，那你就别想活了！"尼尔斯毫不畏惧地看着公熊："不活就不活！"

"哼，那就随你！"公熊吼道，慢慢地举起了一只前掌。就在这时，尼尔斯突然注意到，就在几步之外有一支明晃晃的猎枪对准了公熊，枪栓还"咔嚓"响了一下，他立即尖声喊道："公熊，猎人的猎枪已经对准你了，快点儿跑啊！"公熊叼起尼尔斯，转身就逃，只听见身后传来"砰砰"几声枪响，子弹从公熊耳朵边呼啸而过，好险啊！

脱离危险的公熊把尼尔斯放到地上，道谢说："多谢你救了我，小家伙儿。如果你以后再碰到熊的话，只要说出这句话，他们就不会伤害你！"话音刚落，公熊在尼尔斯耳边悄声说了几个字，就匆匆地跑开了。

尼尔斯开始在森林里奔跑，到处寻找雁群和莫顿的身影，可是，一无所获。直到天色全黑了，他才爬到一棵杉树上，希望雁群能发

现自己,没想到却在树上不知不觉地睡着了。

　　天刚一亮,尼尔斯就被惊醒了。一只老鹰突然飞过来,二话不说,用爪子抓起他,带着他飞了起来。

　　尼尔斯吓坏了,紧紧闭上眼睛,等他发现自己停下来以后,轻轻睁开眼睛,原来老鹰把他送回到了雁群中间。尼尔斯依偎着莫顿,安心地睡着了。

　　随着太阳越升越高,雁群也睡醒了,他们惊讶地发现尼尔斯竟然自己回来了,都开心地大喊大叫:"哦,尼尔斯,我们找了你好久,还以为你被摔死了呢!"

　　尼尔斯看着大家亲切的问候,讲述了自己的遭遇,莫顿问:"尼尔斯,你真的肯定送你回来的是一只老鹰吗?"

　　"当然能确定啦。我以前在课本上见过老鹰,唉!可是我连谢谢都没来得及说一声,他就飞走了,我还以为是阿卡派去的呢!"大家一起向阿卡望去,只见他站在那里仰头看着天空,好像有什么心事,突然说:"大家可不要忘记吃早饭啊!"说完,就展翅飞上了云霄。

第二十二章

莫顿被抓了

尼尔斯和雁群又开始飞行。

在平时,雁群中第一个醒来的总是阿卡。但是那天早晨,第一个醒来的却是白鹅莫顿。

他走到每一只大雁跟前,用他的嘴轻轻地推醒他们,说:"起来吧!到出发的时候了!让我们到了拉普兰再痛痛快快地睡觉吧。"

莫顿非常急切地想看到拉普兰,尤其是他现在有了心爱的妻子邓芬。然后,他用硬嘴在自己的翅膀上面啄了一下,唤醒了像面包卷一样缩着身子睡在自己翅膀下面的尼尔斯。

尼尔斯从莫顿的翅膀下面钻了出来,跳到白鹅的背上,雁群立刻出发了。他们离拉普兰越来越近,碰到同路的伙伴也越来越多了。

各种候鸟都向雁群打着招呼。

"可敬的阿卡您好吗?"一队鸟儿喊道。

"你们住在哪儿?我们准备住到绿岬上去!"另一队鸟儿又叫道。

"让我们瞧瞧那位战胜灰田鼠的小勇士!"第三队野鸟叫道,"他在哪儿呢？"

尼尔斯拿出他的手帕，像旗子一般在他的头上挥舞起来。他张开喉咙一面高唱着，一面摇晃着身子，摆动着两脚。突然，一只小木靴从他的脚上脱落下来。

"莫顿！"尼尔斯喊道，"我的靴子掉下去了！"

莫顿向尼尔斯回过头来，说："喂，你必须牢牢地抱住我的脖子！"

他们越过 **约塔运河** 向北飞去。但是，尼尔斯还没有来得及从莫顿的背上跳下来，树林里突然传来了一阵对话的声音，一个男孩和一个小姑娘跑到这条小路上来了。

"瞧，马茨！这是什么东西啊？"小姑娘弯下身子，拾起了尼尔斯的小靴子。

"多有趣的东西呀！这是一只真正的小木靴子，只是它大小了，连我们的一根脚趾也塞不进去。"

"可是，奥萨！如果把它拿去给我们的小猫穿，估计能穿上吧？"

"啊，当然能穿上啊！我们这就回家。"奥萨说道。

"喂，你们好呀，放鹅姑娘奥萨、小马茨！"

然而，当这姐弟俩看见这么小的一个家伙举着手跟他们说话时，吓得立刻紧紧地抱在一起，倒退了几步。

当尼尔斯看到他们的恐惧表情时，他猛然想起来眼下的自己是个什么样子。他觉得再也没有比让这姐弟俩看到他被施了魔法，变成小精灵更糟糕的事了。不再是人的悲痛深深地刺痛了他。他无助地站在那儿，一声不吭。

反应过来的奥萨拉起马茨的手沿着小路向前跑去，莫顿和尼尔斯也在后面跟了上来。那条小路一直通到看林人的小屋门口。

我的地理笔记

约塔运河

位于瑞典南部，是贯穿瑞典东西的一条运河；

开凿于1810年，全长约580千米；

运河穿越了许多天然湖泊，连接了北海和波罗的海；

也连接了瑞典哥特堡和斯德哥尔摩两大城市；

运河两岸风景如画，被誉为"漂浮在瑞典国土上的蓝色缎带"。

奥萨直接在蜷着身子打瞌睡的小猫面前蹲了下来,握住它的脚爪往小靴子里塞。但是小猫"喵呜"地叫着、抓着,死命地舞动四个小爪子,最后竟把小靴子从马茨的手里打了下来。

这时候,莫顿正好过去,他用嘴衔起小木靴,转身就跑。然而,太晚了,马茨迅速扑到莫顿身边,抓住了他的翅膀。

"妈妈!"马茨叫道,"我们的邓芬回来了!"

"我不是邓芬!放开我,我是莫顿!"

不幸的俘虏用翅膀拼命抵抗。但是谁也听不懂他的话。

"啊哈,这次你逃不掉了!"马茨的两只手像钳子一样握住了他的翅膀。

"咦!看着不对呀,"一个脸颊通红的女人跑到莫顿身边叫喊起来,"这不是邓芬,这是别人家的雄鹅!"

"他是从哪儿来的?是从 **延雪平省** 吗?现在邓芬不见了,就让这只雄鹅留在这儿吧。"

女人捉住莫顿,想把他关到笼子里去,但是莫顿使劲儿地用翅膀打她,用硬嘴啄她。

"这野蛮的东西!"女人解下围裙,把它罩到莫顿身上。就这样,莫顿被女人抱到屋子里去了。

这一切被躲在大树后的尼尔斯看得清清楚楚,他要救莫顿!

尼尔斯坚定地走向屋子,悄悄地溜进了厨房。

莫顿正躺在窗户下面的一张大桌子上,他的脚和翅膀都被缚得很紧,想稍稍转动一下都很难做到。女人正在炉灶旁忙碌着。

"干树枝又不够了!"她一边嘟哝着,一边走到院子里去。

这对尼尔斯来说,可是个不容错过的大好机会。

"莫顿,你还好吗?"尼尔斯问。

"还好!"莫顿垂头丧气地回答。

> **我的地理笔记**
>
> 延雪平省
>
> 瑞典中西部的省,西面同样与挪威接壤;
>
> 且紧靠达拉纳省、厄勒布鲁省和西约塔兰省;
>
> 处在瑞典三大重镇斯德哥尔摩、哥德堡和马尔默之间的三角地带中心,是交通、通信和物流的枢纽哟;
>
> 省内有瑞典第二大湖——维特恩湖,生态良好,湖面上生活着成群的野鸭。

湖水又清又甜。

第二十二章·莫顿被抓了

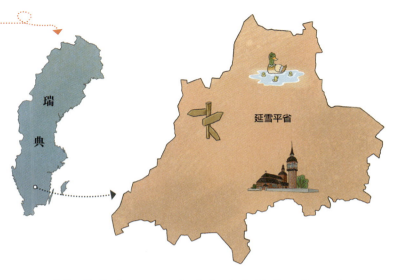

"你再忍耐一下,我马上就来救你。"尼尔斯抱住桌子腿,很快爬到了桌子上,从口袋中摸出小刀,锯起绳子来。莫顿的翅膀先获得了自由。接着,尼尔斯开始锯他脚上的绳子。那条绳子很新、很硬,可是小刀却很钝。

"快,她回来了!"莫顿突然叫道。

"来不及了!"尼尔斯低声说。

莫顿一只脚上面的绳子已经松开了,再过一分钟他就可以完全自由了。

可是,女人正抱着一大捆树枝走了进来。

"挣开绳子!"尼尔斯急忙叫道。

莫顿用全力把脚一伸,绳子就断了。

"啊,强盗!"女人边叫边把那捆树枝朝地上一扔,便向桌子这边扑了过来。一场追逐过后,莫顿再次被女人捉住了。

第二十三章

乌普萨拉的故事

五月五日　星期四

女人用一只手把莫顿按在桌子上面，用另一只手拿起绳子去捆莫顿的脚。

突然，女人的手感到一阵非常剧烈的疼痛。她喊了一声，急忙抽回了自己的手。她发现，就在她用来盛盐的大木碗后面，有一个小人儿正怒气冲冲地看着她，手里还举着一把小刀吓唬她。

"啊，这是什么？"女人吃惊地喊叫着。这时，莫顿趁机咬住尼尔斯的衣领，一下子飞到窗外去了。

"糟糕！"当女人回过神来时，莫顿和尼尔斯已经消失不见了。

过后，莫顿心里一阵后怕，好在被捉住的是自己，而不是邓芬，他不敢想象如果邓芬落入了那个女人手里会受到怎样的伤害。

重获自由的尼尔斯和莫顿很快就飞过了 **达拉纳省**，来到了乌普萨拉省境内。尼尔斯悠然自得地躺在一大丛怒放的金盏花里仰望着天空。这时有两个手捧着书本的小学生，沿着湖岸蜿蜒的小径走了过来。他们步履蹒跚，似乎有一肚子心事。当他们走到尼尔斯附近时，就一屁股坐在了两块石头上，相互诉说起他们的苦衷。

"唉，假如妈妈知道了我们今天又没有把功课背下来，她一定会生气的。"一

> **我的地理笔记**
>
> 达拉纳省
>
> 瑞典中部的省，位于寒流地带，面积约2.9万平方千米；
>
> 这里气候温和湿润，森林覆盖了全省土地的一半约；
>
> 拥有丰富的铁矿资源，是瑞典重要的收入来源；
>
> 此外，木材、钢铁和旅游业也是当地主要的经济命脉。

个孩子叹着气说道。

"是呀,而且爸爸也会发火的。"另一个也说道。这两个孩子最后实在是太难过了,不禁大哭了起来。

尼尔斯看着天空开始琢磨,是不是应该想个办法来安慰这两个孩子一下,这时从不远处走过来一个驼背的老奶奶,她的眉眼看上去慈祥极了,在他们面前停住了脚步。

"哎呀,好孩子们哪,你们这是因为什么事情哭得如此伤心啊?瞧瞧,把脸都弄脏啦!"老奶奶一边问,一边拿出了手帕。这两个小孩任由老奶奶给他们擦眼泪,一边抽噎着一边把事情的原委跟老奶奶诉说了一遍,还强调说,是自己没有把功课学会,因此才惭愧得不敢回家。

"哦,你们告诉我那是一门关于什么内容的功课,竟把你们两个难为得直哭啊?"老奶奶问道,孩子们抽噎着告诉她是关于乌普萨拉省的概况。

"哦，这也难怪你们学不会，你们两个要知道，那门功课如果只凭着书本是很难记住的，"老奶奶想了想说道，"这样吧，我把当年我妈妈讲给我听的关于这个省的知识，跟你们说一说。我没有上过学，但是我妈妈跟我说过的这个故事我一直记到了现在。"

"好孩子们，当时我妈妈是这样说的。"老奶奶坐在两个孩子中间，语气轻缓地讲了起来：

"在很久很久以前，**乌普萨拉省**只有贫瘠的土地和低矮的小石坡，是全瑞典最贫穷、最不体面的地方。虽然我们住在**梅拉伦湖**边上的人接触不到这些，但是这个省的许多地方直到今天也没有太大的变化。

"唉，这里真是太穷苦啦。乌普萨拉省是个好面子的省，他也不愿意自己总是被其他省看轻。于是有一天他为了摆脱自己的困境，背起口袋，拄着棍子，来到了日子过得比自己富裕的省乞讨。

"乌普萨拉的第一站便来到了南面的斯康耐省。他先是说了一大通自己遭遇的苦处，就开口讨要土地。'唉，你的境况我很了解，可要是所有的省都跑来跟我讨要东西的话，我也很为难啊，毕竟我也不是很富裕。'斯康耐叹息着说道，'啊，这样吧！正好我有几块刚刚挖好的泥炭地。假如你不嫌弃的话，那就挑选几块拿走吧。'

"乌普萨拉道谢过后就去拣了几块泥炭地，然后又动身来到了西耶特兰省。他把在斯康耐省的做法又重复了一遍。'我是绝对不舍得送给你土地的，'西耶特兰省说道，'因为我的土地都是很肥沃的。不过，送给你几条毁坏农田的小河倒是可以的。如果你觉得用得上的话，随时都可以拿走。'

"乌普萨拉道谢过后，就把那几条小河拿走了。他又来到了哈兰省，还是一样的诉苦和讨要土地。'哎呀，我说乌普萨拉呀，我

我的地理笔记

乌普萨拉省

位于瑞典中部，坐落在首都斯德哥尔摩北面；

首府乌普萨拉市是一座古老的城市；

瑞典的宗教中心，在本国大城市中排行第四呢；

市内交通便利，距离首都斯德哥尔摩只有70千米。

这里拥有北欧最古老的大学——乌普萨拉大学，这所大学建立500多年，曾产生过9位诺贝尔奖获得者的。

冰河时期就已经形成的乌普萨拉森山脉，可以俯瞰城市大部分美景。

第二十三章·乌普萨拉的故事

我的地理笔记

梅拉伦湖

瑞典东部的湖泊,也是瑞典第三大湖;

面积达1140平方千米,由西南向东北流入波罗的海;

湖中有皇后岛、桦木岛等,是维京文化的发源地之一;

瑞典首都斯德哥尔摩、著名古城南泰利耶等都在该湖沿岸哟;

湖东南还有南泰利耶运河,直通波罗的海呢。

跟你是不相上下的啊,'哈兰省说道,'可是你已经跟我张口了,要不这样吧,你刨出几个石丘带走,免得你说我不讲情分。'

"乌普萨拉省道谢后,就把刨出来的石丘装进了口袋里。然后又动身到布胡斯省。'因为你和我一样都靠着大海,寸草不长的小岩石岛屿可是好东西呀,比方说用来挡挡海风,你想要多少都可以。'布胡斯省说道,'虽然这些玩意儿看上去一点儿不起眼,可这也是我能给你的最好的东西了。'

"就这样,乌普萨拉省开心地收下了这些别人想扔掉的东西,比如说韦姆兰省的一块高原,西曼兰省的一段山脉,东耶特兰省的一块荒原,瑟姆兰省的几个岬湾,达拉纳省的一条达尔河,还有奈尔盖省耶尔玛湖岸边的几块潮湿草地。

"到最后,乌普萨拉的口袋几乎被沼

泽地、石冢和荒漠等东西塞满了。他一回到家,就把乞讨来的东西统统倒了出来。看着眼前这一大堆别人不稀罕的废物,他连连叹息,不过,他很快就振作起来,琢磨着应该怎么处理这些不起眼的东西。

"一晃几年的时间就过去了,这时候瑞典的国王要重新选择住处和设立首都。为了解决这件大事,国王把各个省聚集到一起来商量。而这个时候,乌普萨拉省已经把家里布置得妥妥帖帖了。

"瑞典的每一个省都自告奋勇让国王住到自己那里去,他们为此展开了激烈的争执。'大家听我说,国王是我们国家最尊贵、最睿智的人,因此我认为,国王应该居住在一个最精明、最能干的省里。'乌普萨拉省发表了自己的见解。大家听后,都觉得很有道理,于是接下来就是选出哪个省作为国王的住处和首都的设立之处。

"大家吵了很久也没有结果,乌普萨拉省就提议先去他那里看看再说。其他的省听后都表示很诧异:'这个穷得四处乞讨的家伙能拿得出什么来款待客人呢?'不过一顿嗤笑过后,他们还是决定去乌普萨拉省看看。

"他们一踏上乌普萨拉省的土地,就被眼前的一切惊呆了:在这里,随处可见到气派非凡的大庄园和繁华的城市,尤其是

| 第二十三章・乌普萨拉的故事 |

我的地理笔记

布胡斯省

瑞典的一个旧省，位于瑞典西海岸；

现在是西约塔兰省的一部分；

这里风景自然秀美，有平滑如雕塑般的花岗岩，有安静祥和的渔村，还有约8000座岛屿的群岛呢；

北部地区有著名的塔努姆岩刻画，描述了青铜时代人们的社会生活。

布胡斯省（旧）在今天西约塔兰省中的位置

曾经属于 **布胡斯省** 的石丘，眼下已经成了高耸巍峨的山峰。

"'你这里如此美好富庶，还跟我们讨要，真是让人感到羞耻啊。'别的省愤愤地说道。

"'你们这样说话是不对的。我就是为了感谢你们曾经那么慷慨地送给我礼物，才如此热情地邀请大家来到这里。'乌普萨拉十分诚恳地说道，'我能过上现在的好日子，可全都是靠各位对我的仗义接济呀。'

"原来，那些曾经被其他省份丢弃的沼泽地、石冢、荒漠和石丘、岬湾，被乌普萨拉省一番精心地安置后，就成了如今的瀑布、矿区、森林和大大小小的岩石岛屿、肥沃富饶的田畴。

"最终，乌普萨拉省成为首都所在地，国王也居住在了这里。"

"好啦，好孩子，关于乌普萨拉省的情况你们一定记住了，我也要回家去喽。"说完，老奶奶起身走远了。

而那两个孩子则开心地哼着歌儿向着家的方向走去。

尼尔斯一边回味着老奶奶的话，一边站起身去寻找莫顿了。

这里的岩刻画是原始象形艺术。

第二十四章

庄园奇遇

尼尔斯坐在莫顿背上跟着雁群一起，飞飞停停，看着那些只有在书本里才听说过的山川湖泊、岛屿海港，开心极了。这样的旅行令人十分惬意，时间也过得飞快，一晃就到了 10 月份。

如今，莫顿和邓芬已经有了五个孩子，他们都很健康、漂亮，而且活泼好动。这些刚出生的小鹅每天做得最多的事情，就是为了谁能得到爸爸妈妈的关爱更多一点儿而吵得不可开交。这个时候，尼尔斯往往就出来扮演法官的角色，既要给他们安抚，又要给一些小小的惩罚，每天都忙得不亦乐乎。雁群中几个年轻的大雁也拥有了自己的下一代。因此，阿卡的雁群队伍壮大了很多。

这天，他们天没亮就出发了，飞离 **斯德哥尔摩** 越来越远。在天完全黑透之前，他们就落在了有着浓密树林的高地上的一块洼地里。那块洼地对大雁们来说无疑是个过夜的好地方，但尼尔斯却觉得那里既寒冷又潮湿，因为眼下已经处于秋天，洼地里有些潮湿是难免的，因此尼尔斯希望给自己找一个更好的地方睡觉。他刚才在空中的时候就看见山下有几座庄园，落地后他便急急忙忙去寻找了。

通往庄园的路实际上比他想象的要远得多，

> **我的地理笔记**
>
> 斯德哥尔摩
>
> 瑞典首都，位于瑞典的东海岸；
>
> 紧邻波罗的海，风景秀丽，是著名的旅游胜地；
>
> 整座城市分布在14座岛屿和一个半岛上；
>
> 有70余座桥梁将这些岛屿连为一体，因此有"北方威尼斯"的美称；
>
> 这里是瑞典政治、经济、文化等中心；
>
> 几乎没有重工业，是世界上最干净的城市之一；
>
> 夏天温暖晴朗，冬季寒冷多雪；
>
> 不仅有瑞典王宫、尼古拉教堂等古迹，还有50多座民族、自然、美术等各类博物馆呢。

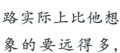

第二十四章·庄园奇遇

他曾几次想返回洼地。但是他突然走到了一条伸到森林边上的大路。这条大路直通庄园,他便立即朝那个方向走去。

尼尔斯看见庄园的门上写着:莫尔巴卡。紧接着,他穿过大得像城里的广场一样的后院,这里空无一人,尼尔斯可以随便走动。当他来到花园的时候,发现整个花园到处长满了草莓、覆盆子和蔷薇。而在那边的一条小路上,啊,他肯定没有看错,有一个大苹果在月光下闪闪发光,诱人极了!

尼尔斯抱着大苹果在草坪边上坐下,开始用小刀一小块一小块地切下来吃。"如果其他地方也像这里一样,好吃的东西唾手可得的话,那么当一辈子小人儿也没什么不好。"他想。

他一边吃苹果一边思索着,最后他想,如果自己继续留在这里,让大雁们自己飞回南方去也不错,可是,就是不知道怎样向莫顿解释不能跟他一起回家的原因。他想最好还是彻底分手,他可以像松鼠一样储藏过冬的食物。

"冬天,我就住在马厩或牛棚的一个暗角里,那样就不会被冻死啦。"

庄园里很安静,一个人都没有,尼尔斯好奇地东瞧瞧,西望望。突然,头顶

传来一声轻响，还没等他抬头看，一只猫头鹰径直朝他扑来，用一双尖尖的爪子抓住他的肩膀，并用嘴去啄他的眼睛。

尼尔斯被这突然而来的危险吓坏了，本能地伸出手去捂住眼睛，另一只手去推开猫头鹰，并大声呼救。尼尔斯觉得，这一次他肯定要完蛋了。

然而，世间总有很多预料之外的事情发生。恰巧有一个写童话的女作家来这里旅行，她就住在这座庄园里。她听见了尼尔斯的呼救声，立即跑过来，只见一个还没有巴掌高的小人儿，正在跟一只猫头鹰搏斗，她赶紧赶走了猫头鹰。

小人儿礼貌地说："谢谢您救了我，希望您能让我在庄园里安全地睡一夜，天亮以后我就离开。"

"要我给你找一个睡觉的地方？难道你不是这附近森林里的小精灵吗？"女作家奇怪地问。

"不是的，我叫尼尔斯，是跟您一样的人，小精灵给我施了魔法，把我变成了现在的样子。"

"我还是第一次听说这种怪事呢！尼尔斯，如果你不介意的话，可以给我讲一下你的经历吗？比如说你是怎样招惹了小精灵？又是如何跟着阿卡的雁群四处旅行的？还有，你们这一路都遇到了哪些新奇的事情？"

尼尔斯一点儿都不忌讳讲述自己的冒险经历，而在一旁听他叙述的女作家，却越听越觉得吃惊乃至兴奋。于是，女作家决定把尼尔斯的经历写到自己的作品里去！她这次旅行的收获真是太大、太令人激动了！

毫无疑问，这是个令人难忘的夜晚，尤其令尼尔斯感到高兴的是，他遇到了一个人，一个不把他当作怪物的人，而且还跟他说了很多话，这个人真诚地对他说，只要他像以往一样，对所有遇到的人或者动物都能平等相待，而且在对方遇到困难的时候主动伸出援助之手，他就会得到意想不到的回报。女作家的这番话给了尼尔斯很大的鼓舞。至于回报之类的，尼尔斯并没有放在心上。虽然女作家也不知道怎样让尼尔斯恢复原样，但是她给了他一线希望和信心。这次庄园奇遇，使尼尔斯的心里获得了从未有过的平静。

第二十五章

飞向南方

十月一日　星期六

尼尔斯坐在莫顿的背上,在高空中向南方飞行。他们到了拉普兰,现在又离开那里。在这期间,尼尔斯跟在莫顿身边的时间并不多,因为莫顿总是寸步不离地守着邓芬。不过,这倒让尼尔斯跟阿卡,还有阿卡的养子老鹰高尔哥(就是那只在大熊身边救走尼尔斯的老鹰)度过了许多愉快的时光。也是从那时候开始,尼尔斯就生出了回家的念头,他想跟莫顿一起回家,重新变成一个人,变回那个放鹅姑娘奥萨看到他不会再转身就跑的一个人。现在,他们已踏上了南归的旅程。

阿卡领头飞行,跟在他后面的是白鹅莫顿、邓芬和他们的五个孩子。去年秋天跟随他们一起飞行的六只小雁,现在已经离开雁群独立生活了。老雁们带着今年夏天在大山峡谷里长大的二十二只小雁在飞行,十一只飞在右边,十一只飞在左边,他们尽力同老雁一样,相互之间保持着相等的距离。

这些可怜的小雁,从出世到现在还不曾经历过长距离飞行。不过值得欣喜的是,他们很快就从疲累中解脱出来,当然啦,这一切都要归功于阿卡的耐心教导和鼓励。

雁群仍然在大山上空飞行。为了让小雁们熟悉每座山峰的名字,每飞过一座山峰,老雁们就让小雁们喊出它的名字。

"这是波苏巧考,这是萨尔耶巧考,这是克布讷凯塞峰。"但是,当他们这样喊着飞了一会儿之后又不耐烦了。

"阿卡,阿卡,尊敬的阿卡!"他们伤心地叫道。

"什么事?"阿卡问道。

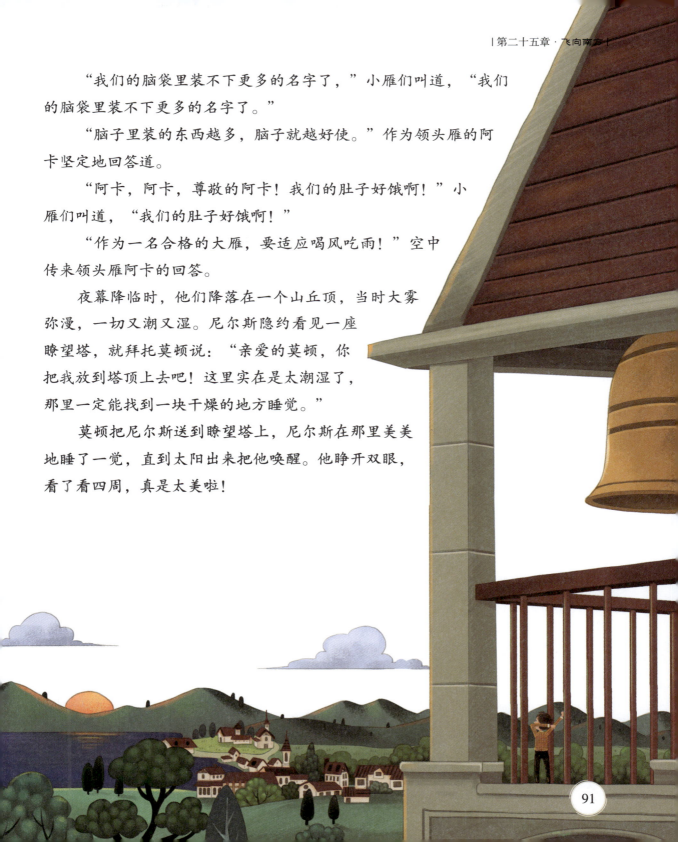

"我们的脑袋里装不下更多的名字了,"小雁们叫道,"我们的脑袋里装不下更多的名字了。"

"脑子里装的东西越多,脑子就越好使。"作为领头雁的阿卡坚定地回答道。

"阿卡,阿卡,尊敬的阿卡!我们的肚子好饿啊!"小雁们叫道,"我们的肚子好饿啊!"

"作为一名合格的大雁,要适应喝风吃雨!"空中传来领头雁阿卡的回答。

夜幕降临时,他们降落在一个山丘顶,当时大雾弥漫,一切又潮又湿。尼尔斯隐约看见一座瞭望塔,就拜托莫顿说:"亲爱的莫顿,你把我放到塔顶上去吧!这里实在是太潮湿了,那里一定能找到一块干燥的地方睡觉。"

莫顿把尼尔斯送到瞭望塔上,尼尔斯在那里美美地睡了一觉,直到太阳出来把他唤醒。他睁开双眼,看了看四周,真是太美啦!

| 尼尔斯骑鹅旅行记 |

第二十六章

耶姆特兰的传说

这时，尼尔斯注意到有人来了，于是立刻找了个地方钻了进去。他暗中观察发现这是一些来旅游的年轻人。他们已经游遍了整个 **耶姆特兰省**。

其中有位姑娘喊道："在这里能看到 **厄斯特松德**，快来看呀！你们听过关于耶姆特兰的传说吗？"大家好奇极了，催着姑娘快点儿讲。于是，姑娘就开始讲了起来。

"在很久以前，耶姆特兰一片荒芜，既没有河流，也没有耕地，是个根本没有人类生活的地方。只有一对巨人夫妇在这里生活得十分开心、幸福。一天，家里来了一位不速之客——雷神。因为巨人夫妇把耶姆特兰变得荒芜、黑暗，还阻止人类在这里建造房屋，因此雷神是来处理这件事的，所以巨人夫妇很害怕。

"男巨人躲进小屋里，让女巨人来应付雷神。不一会儿，雷神就走进了屋子，来到女巨人面前，说到这里来是想跟他们谈谈，希望他们能把这里建设得好一点儿。

"'实在是太不凑巧了，我丈夫刚出门。'女巨人说。

"雷神神情坚定地说：'没关系，我就在这里等他回来！'女巨人没说什么，去屋角抱来一桶酒，递给雷神说：'你先喝点儿酒吧。'说着女巨人就拔出了酒桶塞子，蜜酒像大瀑布一样飞溅出来，流

我的地理笔记

耶姆特兰省

瑞典北部的一个省，西面与挪威接壤；

周围邻居有达拉纳省、耶夫勒堡省、西诺尔兰省、西博腾省等；

面积约5万平方千米；

首府厄斯特松德市，以考古博物馆闻名于世。

厄斯特松德

瑞典城市，耶姆特兰省的省会；

位于瑞典中部偏北，在斯图尔湖东岸；

面积约2220平方千米；

这里原来是瑞典的农业和旅游中心，现在有化学、机器制造、家具和制革等工业。

得到处都是。雷神就在地上挖出一道道深沟,然后用脚踩出一个个深坑,这样酒就流到了坑里。

"'你可以帮我磨点儿面粉吗?'女巨人问雷神。雷神很爽快地答应了,可是,他费尽了九牛二虎之力,才使磨盘转动了一圈。女巨人讥笑他说:'看来你的力气并不像传说中的那么大嘛!'到了晚上,女巨人说:'看来我的丈夫明天才能回来,你只好在这里过夜了!'说完,她给雷神铺好了床。

"可是床铺高低不平,雷神根本无法睡觉,于是把被褥和枕头全扔到了地上,这才睡着了。

"第二天早晨,女巨人诚恳地对雷神说:'你真是大力士啊!其实我们这儿就是整个耶姆特兰山地,从酒桶里流出来的蜜酒是雪山上的雪水;你在地上挖的沟、踩的坑,现在都成了河流和湖泊;你用磨盘磨的是石灰岩,虽然只磨了一圈,却把整个山地都铺满了肥沃的土壤;我把高大的山峰给你铺在了床上,你却扔得到处都是,遍及耶姆特兰大半个地区。现在,我和丈夫要搬到另一个你不容易找到的地方去!'说完,女巨人就消失了。从那以后,耶姆特兰就变成群山连绵、土壤肥沃的地方啦。"

第二十七章

渡鸦巴塔基

十月四日　星期二

尼尔斯等到那些旅游的人走远，才从藏身的地方出来寻找莫顿。首先出现在尼尔斯视线里的就是莫顿和邓芬，以及他们俩那五个新出生的孩子，他们看上去比那几个小雁更好看。五只小鹅浑身雪白，没有一丝杂毛，只有嘴和蹼足是红色的，跟覆盆子的颜色一模一样。

尼尔斯远远地看着莫顿一家，陷入了遐想之中……

"如果现在我不是带着原来的一只鹅而是带着一群鹅回到家里，爸爸和妈妈会多么高兴啊！"尼尔斯一面想，一面望着不远处的莫顿一家。"爸爸和妈妈大概无论如何也不会想到有那么一天，有人敲门说，'请问家里有人吗？'门开了，我们陆续地走进去，走在最后面的就是我自己。'你们好呀，亲爱的爸爸妈妈！快来迎接客人吧！……'估计爸爸和妈妈一定会高兴得哭起来的！所有的邻居都会跑过来问：'整个夏季你都到哪儿去了？都经历了什么新鲜事儿？'我就回答他们：'我骑在白鹅莫顿背上飞到拉普兰去了！'"

突然，尼尔斯想到，他现在完全不是从前的尼尔斯了。妈妈一定不会认识他，还会把他当作一头什么稀奇的小野兽关到笼子里，或者干脆把他卖给动物园！

邻家的孩子们会取笑他，戏弄他，拿着捕虫网追赶他，好像他从前拿起捕虫网去捉小精灵一般。

"不，如果我不能变成一个真正的人，我宁愿永远不回家！"尼尔斯悲哀地想。"可是我要到什么时候才能变成人啊！"

就在尼尔斯思考着这些的时候，雄鹅莫顿走过来了。尼尔斯忍

渡鸦喜欢群居，常扎堆儿做巢。

我的生物笔记

渡鸦

俗称胖头鸟，是体型较大的鸟类；

个头儿比乌鸦要大，全身都是黑色的光亮羽毛；

分布在整个全北界，喜欢生活在有草有树的地方，或是海岸边上；

主要捕食小型啮齿类动物、小鸟、昆虫，还会吃腐肉呢；

脑部发达，是世界公认的聪明的鸟儿，一般能活16岁。

不住说:"莫顿,现在的你长得多么高大啊,而我现在连爬到你的背上都感到困难了。我还是从前的样子,一点儿也没有长大。看来你只能独自回家去了,而我,只能跟着这群大雁飞。现在阿卡再也不会把我赶走了。"

"不,没有你在一起我决不回家,"莫顿说,"你说过的,丢掉遭到灾难的朋友不管,这是最卑鄙的事情!"

莫顿想了一会儿,又说:"听我说,尼尔斯,你可以跟阿卡商量一下,或许他能帮助你变成正常人的。他很厉害的,你知道,他甚至能驯服老鹰。"

"对呀!"尼尔斯想起在拉普兰时与阿卡、高尔哥度过的那些美好时光,就高兴起来了,"我会去找阿卡商量。"

这时,曾经跟尼尔斯打过交道的**渡鸦**巴塔基来到了他的身边。

在渡鸦驮着尼尔斯兜风的时候,渡鸦给尼尔斯讲了个故事,说的是一个名叫海尔叶乌尔夫的挪威人,他是第一个在海尔叶达伦定居并开发这块土地的人。

渡鸦巴塔基讲述得很认真，以至于尼尔斯完全忘记了跟莫顿的谈话。

"我一直猜测他是个挪威人。理由是他最开始时给挪威国王做下属，后来因为与国王闹了些不愉快，不得不逃亡到了瑞典的乌普萨拉，正巧国王也住在那儿，他就在那里任职了。

"可是不久后，他爱上了国王的妹妹，国王不同意他的求婚请求，他俩就一起私奔了。当时的他处境很艰难，既不能住在挪威，也不能住在瑞典，逃亡到其他国家他又不愿意。'所有的困难都会过去。'他想，就这样带着仆人和财宝一直向北走，穿过了达拉纳省，在北部边界的大森林里定居下来，建造房屋，开垦土地，成了第一个在那块土地上定居的人。"

尼尔斯听完这个故事以后，感到一头雾水。"你讲这个故事是想让我明白什么道理吗？"他问道。巴塔基没有立即回答，只是摇头晃脑，挤眉弄眼。"其实，我还是说实话了吧，我是想趁只有咱们俩的时候，问问你，你是否真正了解过，那个把你变成现在这样的小精灵对你变回人提出了什么条件？"

"要我陪着白雄鹅去拉普兰，然后再安然无恙地回到斯康耐，除此之外，我没听说有别的条件。"

"我完全相信你说的，"巴塔基说，"正因为如此，所以我们上次见面的时候，你才那样自豪地说，背弃一个信任自己的朋友比什么都卑鄙无耻。关于条件的事，你完全应该问问阿卡。你知道，他曾经到过你家，同那个小精灵谈过。"

"阿卡没有跟我说起过这件事呀。"尼尔斯说。

"他可能认为，你最好不要知道小精灵是怎么说的。在你和雄鹅莫顿之间，他当然更愿意帮助你了。"

"真奇怪,巴塔基,你的话怎么使我感到痛苦和不安呢。"尼尔斯说。

"也许是这样吧,"渡鸦说,"但是这一次我想你会感激我的,因为我可以告诉你,那个小精灵的意思是这样的:除非你把莫顿带回家被你妈妈杀掉,否则你永远也不能变成人了。"

尼尔斯忍住了就要流出来的眼泪,绝望地喊了起来:"不!我不会让这样的事情发生的!莫顿是我最好的朋友!"

"你可以去问阿卡,尼尔斯,"巴塔基说,"不过,别忘记我今天给你讲的故事!在一切困境中,出路肯定是有的,关键在于靠自己去找。我会为看到你实现愿望而开心。"

第二天,尼尔斯趁阿卡休息时单独觅食的机会,询问阿卡,渡鸦巴塔基说的话是不是真的。阿卡没有否认。尼尔斯当即请求阿卡向他保证,不要向雄鹅莫顿泄露秘密,因为

> **我的地理笔记**
>
> 达尔河
>
> 瑞典中部的河流，发源于挪威边界的费门湖东；
>
> 全长520千米，由东达尔河、西达尔河两条支流汇聚而成；
>
> 是瑞典中部重要的动力资源和木材集运河道哟；
>
> 达尔河流经的地方，土地富饶，山河秀丽，还有丰富的矿产呢。

大白鹅勇敢而又重义气。尼尔斯担心，如果他知道了小精灵的条件，可能会发生什么不幸。

后来的许多天，尼尔斯总是一声不响、闷闷不乐地骑在鹅背上，耷拉着脑袋，没有心思去顾及周围的一切。他听见老雁们向小雁们不断喊叫着，现在他们进入了达拉那，现在他们可以看见北边的斯坦贾恩峰，现在他们正在东**达尔河**上空飞行……但是他对这些东西连看都不看一眼。"看来，以后我要一直跟着大雁周游了，"他想，"那么这个国家的风景将再也不能提起我的兴致了。"

当大雁们呼叫着一起飞走时，他还是那副郁郁寡欢的样子。"我看到过太多的河了，"他想，"再也不需要去费神看另一条河了。"

而且即使他想看，下面也没有什么可看的，因为在丰姆兰北部有一些广阔而单调的森林，那条又窄又细、一个旋涡接着一个旋涡的克拉河蜿蜒经过那里，不时地在这里或那里可以看到一个烧木炭的窑、一块放火烧荒的地方或者芬兰人居住的没有烟囱的小矮房。只见茫茫林海一望无边，人们会以为这里是北部的拉普兰呢。

大雁们落在克拉河边一处放火烧过荒的地方。他们在那里啄食着刚长出来的鲜嫩秋黑麦。这时，尼尔斯听见森林里传来一阵阵说笑声。只见七个身强力壮的男子背着背包，肩上扛着劈刀从森林里走出来。这一天，尼尔斯想念人类的心情简直无法形容，因此，当他看见七个工人解下背包坐在地上休息时，心里真是高兴极了。

他们你一言我一语地说个不停，尼尔斯藏在一个土堆后，听到人类说话的声音心里有说不出的高兴。他很快就弄清楚了，他们都是丰姆兰人，要到诺尔兰去找工作。他们是一群很乐观的人，每个人都有着说不完的话，因为他们都在很多地方做过工。至于之后他们都说了些什么，尼尔斯已经不关心了，因为他要跟随雁群赶路了。

第二十八章

尼尔斯和莫顿谈心

"你知道,莫顿,"就在他们高飞在空中的时候,尼尔斯说,"我们经过这样一次旅行之后,如果再让我们整个冬天待在家里,一定会觉得单调、厌倦。我想,我们应该跟大雁们到国外去。"

"这肯定不是你的真心话!"莫顿说,在证明自己能够和大雁们一起飞到拉普兰以后,他觉得最该也最想做的事,就是返回到尼尔斯家的小院子里。

尼尔斯默默地俯瞰着下面丰姆兰省的大地。所有的树木和果园都已披上了秋天的盛装,有金黄色的,也有红色的。一个个狭长的湖泊在金黄色的堤岸衬托下显得湛蓝湛蓝的。"我觉得我从来没有看到过我们底下的大地像今天这样美丽,"他说,"湖泊像蓝色的丝绸,而堤岸就像一条条宽阔的金丝带。我们如果在西威曼豪格住下,就再也看不到世界上更多的东西了,你难道不觉得这太可惜了吗?"

"我原来以为,你想回家去,回到你的爸爸妈妈身边,让他们看看现在的你有多么聪明、勇敢。"莫顿说。自从邓芬和他的孩子们出生以后,他一直梦想着落在西威曼豪格的尼尔斯家门前的院子里,让鹅啊,鸡啊,

| 第二十八章·尼尔斯和莫顿谈心 |

我的地理笔记

瑞典

达尔斯兰省

瑞典最小省之一，位于瑞典西南部；临靠瑞典最大的湖——维纳恩湖湖区风光壮美；

这里空气清新，森林湖泊密布，有鲜美的鱼、野莓和各种野蘑菇；

娱乐设施丰富，是划皮划艇、驾独木舟、钓鱼和骑马的绝佳场所；

麋鹿公园是该省的一大特色，在这里可以摸一摸或是抱一抱它们。

达尔斯兰省

它们是非常害羞的哦！

奶牛啊，猫啊，还有女主人亲眼看看邓芬和他们的孩子，那该是多么值得骄傲和自豪的时刻啊，因此尼尔斯的提议并不能让他感到开心。

这一天，大雁们经过的地方大多都是刚刚收割过庄稼后的田地，遍地都是遗落的粮食，这使得大雁们总是停停歇歇，直到太阳快落山的时候，他们才进入 **达尔斯兰省**。跟丰姆兰省相比较，这里的景色更加美丽、宜人。

星罗棋布的大小湖泊，分布在崎岖不平的大地上。大片的森林里各种树木却长得分外葱郁，陡峭的堤岸宛如一个个秀丽的公园。天上或水中似乎有什么挽留住了阳光，即使太阳落山以后仍然显得非常的明亮。金色的波纹在深色、光亮的水面上嬉戏，浅红色的光焰在地面上跳跃，浅黄的桦树、浅红的白杨和杏黄的花楸树拔地而起。

"你要知道，莫顿，我们以后可能再也看不到这样壮丽的河山了？"尼尔斯看着大地上属于秋天独有的美丽景色，问着莫顿。

"尼尔斯，我不明白你为什么会生出来这些奇怪的想法，"雄鹅回答说，"但是，你要明白，如果你想继续旅行的话，我是不会离开你的。"

"啊，我知道了，莫顿。或许，这就是你能给我的最好的答复。"尼尔斯说。从他越来越小的话音中可以听出，他已经没有了任何情绪。

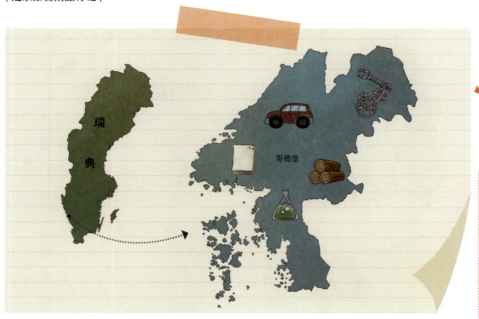

我的地理笔记

哥德堡

瑞典第二大城市，位于卡特加特海峡、约塔运河畔；

与丹麦北端隔海相望；

也是瑞典重要的港口城市，有450多条航线通往世界各地；

主要出口汽车、机械、化学制品、纸张、木材及各种木制品；

地理位置很优越，是北欧的咽喉要道和工业中心；

在它方圆300千米以内是北欧三国工业最发达的地区；

这里属于海洋性气候，夏季凉爽，冬季温暖。

　　这段时间里，他们一直飞翔在布胡斯省的上空，尼尔斯看着下面起伏不平的山峰、沟壑，还有大小湖泊在太阳的映照下闪闪发亮，它们就像是一颗颗钻石，镶嵌在大地上。这样的壮美景色真是令人感叹大自然的神奇。但当尼尔斯忽而看到一片云朵掩住了阳光，那太阳随之钻入阴影之中的时候，他觉得这里的景色粗犷而又特别。他自己也说不明白为什么会生出这样的心思来，只是感觉从前这里应该孕育过很多英雄，他们利用自己的勇敢和智慧在这片土地上书写着独属于他们的传奇。想到这里，尼尔斯的内心中不由得升腾起一股骄傲之情来。既是为自己，也是为莫顿。"这段刺激又令人兴奋的冒险生活一定会影响到我以后的人生，"他想，"但是眼下，我还是跟着莫顿，跟着阿卡，好好生活吧。"

　　有关这些想法，他对白鹅莫顿一个字也没有说，因为大雁们正以最快的速度在 **哥德堡** 上空飞行，莫顿正喘着粗气，回答不了他的问题。太阳正在缓缓地西沉，大雁们奋力地追赶着太阳，只希望能多赶一段路。

　　他们终于看到西边有一道明亮的光线随着他们翅膀的扇动不断地扩展开来，而且越来越宽阔。那是乳白色的大海在闪着玫瑰红和天蓝色的光。雁群飞过岸边的石岛以后，又看见了太阳。那太阳又大又红，正准备潜入波涛之中。

　　漫天的晚霞闪射出柔和的光线，所以尼尔斯敢正视太阳的光芒。当他凝视着那广阔无边的大海和通红得像火一样的晚霞时，他的内心感到无比的宁静、坦然。

　　"有我在这里，请不要忧伤啊，尼尔斯·豪格尔森，"太阳的脸上洋溢着欢悦和慈祥的光芒说，"这世界是如此美好，生活在这样的世界里，每一个生命都是那么的鲜活、珍贵、快乐，自由自在，无忧无虑，整个宇宙任你倘徉漫游，这是多么神奇又美妙的一件好事啊。"

　　尼尔斯看着太阳光芒四射的脸，抑制不住满心的欢喜，还有一种他自己也说不清楚的情绪，任由泪珠儿滚落脸颊，他一点儿也不觉得要为此感到害羞。莫顿当作什么都没有看见一样，只顾拍打着大翅膀向前飞翔。

第二十九章

大雁们的礼物

十月八日　星期六

这天夜里，当月亮高悬在空中的时候，老阿卡用嘴捅醒了尼尔斯。"什么事，阿卡？"他说着惊恐地跳了起来。

"不要慌，尼尔斯，没什么要紧的事，"领头雁回答说，"只是我想到海上去一趟，不知道你是否有兴趣跟我一块儿去。"

尼尔斯知道，如果没有发生什么重要的事情的话，阿卡是决不会提出这样的建议的，因此他二话没说便坐到阿卡的背上。很快，阿卡在围绕着哥德堡的 **斯卡格拉克海峡** 的一个小石岛落下。那个岛只不过是一块高低不平的大花岗岩石，中间有一条很宽的裂缝，里面积满了海水冲上来的白色细沙和少数贝壳。

当尼尔斯从阿卡的背上滑到地面上时，他看见了老鹰高尔哥。

显而易见的是，这次会面是阿卡和高尔哥事先约好的，他们俩谁也没有对见到对方感到意外。"这件事你办得很好，高尔哥，"阿卡说，"我真不敢相信，你会先于我们来到约会地点。你来这里很久了吗？"

"我是今天晚上到达这里的，"高尔哥回答说。"可是，我想，我除了希望准时到达这里等候你们外，并不指望得到别的夸奖。你让我办的那件事，我办得很糟糕。"

> **我的地理笔记**
>
> 斯卡格拉克海峡
>
> 属于北海的一部分，位于日德兰半岛和挪威南端、瑞典西南端之间；
>
> 西通北海，东连波罗的海，地理位置优越；
>
> 是波罗的海沿岸国家通往北海及大西洋、北冰洋的重要通道；
>
> 海峡气候温暖湿润，冬季不封冻；
>
> 在秋末冬初时节，海峡会出现大量夜光虫；
>
> 夜光虫多呈粉红和淡红色，会把夜间的大海染成粉红色或砖红色。
>
> 夜光虫是生活在海水中的原生动物。

"我可以确定，你一定不辱使命，只是你不想炫耀，"阿卡说，"但是在你讲述你的旅途中发生的事情之前，我要先请尼尔斯帮忙找到大概还埋藏在这个石岛上的一些东西。"

尼尔斯听到阿卡提到他的名字时，就抬起头。"尼尔斯，你肯定在想，我为什么要把你带到这里来。"阿卡说。

"我是觉得奇怪，"尼尔斯说，"但是我知道，你做任何一件事都是有充足的理由的。"

"谢谢你对我的信任，尼尔斯，"阿卡说，"但是我很担心，你就要失去对我的这种信任，因为我们这次飞行很可能一无所获。"

"这件事要从很多年前说起，"阿卡继续说，"当时我和雁群中几只年纪大的老雁进行春季迁徙时突然遇到风暴，狂风把我们卷到了这个石岛上,无意中我们看见几袋子半埋在沙土里的金币。这些东西对我们大雁来说毫无用处，因此我们原封不动地把它们留在了那里。这些年来，我们没有想过这些金币，但是现在我们想请你找一找它们到底还在不在。"

尼尔斯用两只手各抓一块贝壳当工具开始扒沙子。他没有发现什么袋子，但是挖到了一枚金币。

紧接着，尼尔斯就在沙土里摸到了好多圆圆的金币，于是他立即跑到阿卡跟前。"阿卡，装金币的袋子已经烂掉了，"他说，"但是金币都在，只是散在沙土里了。"

"太好了，"阿卡说，"把坑用沙土填好，不要让人看出这里

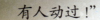

有人动过!"

尼尔斯按照阿卡的吩咐做了,但是当他回到阿卡身边时,令他惊奇的是,阿卡严肃地站在他面前,并多次点头鞠躬,神情十分庄重,他不得不鞠躬还礼。

"事情是这样的,"阿卡说,"我认为,如果你在人类那里,也像在我们中间这样为我们做了这么多好事,他们一定会给你丰厚的酬金,否则是不会让你走的。"

"可是我觉得,我并没有为你们做什么,倒是你们一直在照顾我。"尼尔斯说。

"尼尔斯,我们还认为,"阿卡继续说,"作为一个与我们相处了整个旅途的同伴,在分别的时候,是不该像刚来我们中间时那样,两手空空地离开。"

"我清楚,一年来我从你们身上学到了比物质和金钱更宝贵的东西。"尼尔斯说。

"你我都知道,这些金币过了这么多年还在,肯定是没有主人了,"阿卡说,

| 第二十九章 · 大雁们的礼物 |

我的地理笔记

西伯利亚

现属俄罗斯，是乌拉尔山脉以东的广大地区的总称，面积约1300万平方千米；

东至太平洋，北至北冰洋，南至中亚北部；

依据地形，可分为西西伯利亚平原、中西伯利亚高原、东西伯利亚山地三部分；

大部分地区气候属于亚寒带针叶林气候，小部分属于寒带气候，北半球上两大"寒极"均在此；

曾是古代不少强悍民族的摇篮，匈奴、鲜卑、突厥、蒙古等民族都是从这里崛起的。

"我想你可以把这些金币拿回去用。"

"咦？这些财宝不是你们自己需要的吗？"尼尔斯问。

"也可以这样说，只是我们要用这些金钱给你当报酬，让你的爸爸妈妈认为，你是在尊贵的人家里当放鹅娃挣了钱。"他说。

尼尔斯直视着阿卡那双明亮的眼睛。"阿卡，我不想要什么报酬，更不想跟你们分开。"他说。

"只要我们大雁继续留在瑞典，我认为你就可以留在我们身边，"阿卡说，"不过我想让你明白，这些金币已经属于你了。"

"但是，阿卡，我想要跟着你们一起去 **西伯利亚**。"

尼尔斯的话音刚落，阿卡半张着嘴巴深吸一口气。"你的提议很出乎我的预料，"阿卡平静了一点儿以后说，"但是，尼尔斯，我觉得你还是先听听高尔哥说的话之后再作决定也不迟。我想你大概知道，在我们离开拉普兰的时候，高尔哥和我商量好，他到你的老家斯康讷省去一趟，设法为你争取更好的条件。"

"是的，尼尔斯，阿卡说的都是真的，"高尔哥说，"但是，正如我对你说过的，我没有办成。我找到尼尔斯的家没费多少时间。"

这里气温很低啊。

107

第三十章

贴心的阿卡

老鹰高尔哥继续讲述他在尼尔斯家乡的事。

"我在他家院子的上空盘旋了好几个小时,终于看见小精灵正在房子后面与蜥蜴捉迷藏。我立即冲过去把他带到一块地里,以免别人打扰到我们谈话。我对他说,我是受大雪山的阿卡所托来找他的,问他能否给尼尔斯更好的条件。

"小精灵说他希望能办到,因为他也听说了尼尔斯在旅途中不错的表现。但是他说他无能为力。我一听就火了,我说如果他丝毫不让步,我就立刻挖掉他的眼睛。但小精灵说,对于尼尔斯,他还是原先说的条件。他还让我转告尼尔斯,最好和雄鹅莫顿赶紧回家,因为他家的日子现在很艰难。"

原来,尼尔斯的父亲有个弟弟,他在弟弟借款时当了担保人。结果,弟弟还不起债,他不得不为弟弟还债。此外,他还借钱买了一匹马,没想到却买的是一匹腿瘸了的马,什么活都干不了。此刻,他们已经卖掉了两头奶牛,若是得不到任何接济,就要背井离乡了。

尼尔斯听到这里,皱起眉头,拳头攥得指节都发白了。

| 第三十章·贴心的阿卡 |

我的地理笔记

哥得兰省

瑞典最东边的省，位于波罗的海；

也是瑞典最大的岛屿，与卡尔马省隔海相望；

首府维斯比与首都斯德哥尔摩有飞机航班和航船来往；

这里有长达3400米的环城石头城墙；

拥有保存完好的中世纪小镇，已被列为世界文化遗产；

维斯比气候温和，11月仍有玫瑰盛开，被称为"玫瑰之都"。

"那个小精灵真是冷酷无情，"他说，"他给我订下了那样苛刻的条件，让我不能回家帮助我的爸爸妈妈。但他休想使我成为一个背信弃义的人。我的爸爸和妈妈为人正直善良，我相信他们宁愿不要我的帮助，也不愿意我昧着良心回到他们的身边。"

接下来的几个星期里，大雁们一直停留在西耶特兰省法耳彻平市周围的辽阔平原上，然后径直往南朝着 **哥得兰省** 飞去。尼尔斯仍然跟从前一样，只是他变得更加沉默了。

十一月初的一天，大雁们飞越哈兰德山脉进入斯康讷省。他们沿着狭窄的沿海地带继续往南飞去，来到了斯康讷大平原的上空。

"小雁们，仔细地看看下面！"阿卡喊道，"从波罗的海沿岸到南面的高山峻岭都是这样的，再远的地方我们没有去过。"

小雁们把平原仔细地观看了一遍，阿卡便带领着大家朝前方飞去。最后，他们降落在西威曼豪格的一块沼泽地上。

直到这一刻，尼尔斯突然明白过来，原来阿卡故意巡行在斯康讷的上空，就是为了让他看看自己的家乡，让他明白这里不比世界上任何一个国家逊色。其实，尼尔斯从来没有在乎过家乡的贫与富，从看到斯康讷河的垂柳和矮平房的那一刻起，想回家的迫切心情就再也按捺不住了。

第三十一章

尼尔斯回家

十一月八日　星期二

第二天一大早，大雁们在斯可罗普教堂四周的大片农田里觅食，阿卡走到尼尔斯身边，说："接下来的几天里，没有大的风雨，我们要趁着好天气，争取飞越波罗的海。"

尼尔斯一听，难过得几乎说不出话来，毕竟在心底里，他还是满怀希望地想变回正常的人，回家跟父母一起生活。

阿卡见尼尔斯半天不出声，接着说："尼尔斯，我觉得你应该回去探望一下，看看家里的日子过得怎么样，即使不能变回原来的模样，或许也能帮父母一点儿忙。莫顿一家跟我们在一起，会很安全的。"

尼尔斯想了想说："是啊，我是应该回家去看看。"说完，他急不可耐地拜托阿卡将自己送回家。

转眼之间，阿卡就降落在他家那座农舍的石头围墙背后。

尼尔斯着急忙慌地爬到围墙上去观看熟悉得不能再熟悉的四周。

"阿卡，你说奇怪不奇怪，这里的一切竟然跟早先一模一样。"尼尔斯说道。"我只觉得，从今年春天坐在这里看见你们在天上飞过到现在，好像还不到一天的工夫呢。"

"尼尔斯，明天早上，你到这个岬角来找我们吧，今晚你可以在家里住一夜。"阿卡嘱咐尼尔斯说。

"你等一下，"尼尔斯叫了起来，他心里总是隐约感觉不踏实，好像这一别，他和大雁将永难再相见了，"阿卡，你知道吗？能跟着你和雁群去旅行是我认为最骄傲的事，哪怕让我永远都是这个样子，我也不后悔！"

阿卡看着尼尔斯，语重心长地说："尼尔斯，我的好孩子，在我们一起旅行的时间里，你一定认识到，人类确实不应该占有整个大地。在拥有足够的生存空间以外，完全可以让出几个光秃秃的岩石岛、浅水湖、沼泽地，或者偏僻荒远的荒山、森林，让我们这些飞禽走兽可以安心地过日子。你知道吗？自从我出生开始，人类对我的追逐和捕猎就没有停止过。如果人类还有良知，那么就能明白像我这样的一只鸟儿，也需要有个安稳的家，躲避被伤害的日子太辛苦了。"

尼尔斯惭愧地说："如果我能为此做点儿什么，那该有多好啊！只是可惜我的本事太小了。"阿卡微笑着说："好啦，现在我要回到雁群那儿去啦，你多保重，尼尔斯。"说完，他张开翅膀飞上了天，转了一圈又飞了回来，恋恋不舍地用喙亲昵地摩挲着尼尔斯，然后才飞远。

虽然是大白天，院子里却很安静，没有人走动。尼尔斯跑进牛棚里，他知道从奶牛那里一定能够打听到可靠的消息。"你好啊，五月玫瑰！"

尼尔斯兴冲冲地跑到奶牛面前。"嗨，我的爸爸、妈妈都好吗？那只猫，还有其他的鹅呀，鸡呀，他们都好吧？"

五月玫瑰见到尼尔斯惊讶极了，虽然他跟离开家门那时候一样矮小，身上穿着原来的衣服，但是他的精神气质却大不相同了。春天刚从家里逃出去时的尼尔斯走起路来脚步沉重而拖曳，讲起话来声音有气无力，看起东西来双眼大而无神。但是经过长途跋涉、重归家门的尼尔斯走起路来脚步矫健轻盈，说话铿锵有力，双目炯炯有神。

他的个头儿虽然仍旧是那么小，然而气度神采上却有一股令人肃然起敬的力量。尽管他自己并不开心，可是见到他的人却如沐春风，非常高兴。

"哞哦，哞哦，"五月玫瑰喊叫起来，"尼尔斯！大家都说你有了很大变化，变得更好了，我还不相信哩。啊！欢迎你回家来，尼尔斯！我真是太高兴啦，我有好久没有这样高兴过啦！"

"好呀，多谢你啦，五月玫瑰，"尼尔斯说道，他完全没有想到自己竟然会受到这样热情的欢迎，心里禁不住心花怒放起来，"现在快给我说说爸爸、妈妈他们都好吗？"

接着，五月玫瑰就把家里发生的大事一五一十地说了个遍。尼尔斯听说爸爸花高价买回来的新马，吃了一夏天的饲料却干不了活，又没有办法把他卖出去，便径直来到了马厩。

"咴咴，咴咴，原来你就是大家经常说起的尼尔斯啊，"一匹膘肥体壮、气宇轩昂的高大骏马叹息说，"其实，不是我想偷懒不干活，是因为我的脚蹄上扎了一个像是刀尖断头样的硬东西，它扎得很深又藏得很严实，连兽医都没有发现。我动一下就被刺得钻心地疼，就连走路都做不到。假如你可以把这件事告诉你爸爸，我想他一定有治好我的病的办法。这样我就可以开开心心地去干活了，每天站在这儿只是吃饱肚子什么事情都不干，真是太丢人啦。"

"噢，原来这就是你不能干活的原因啊！"尼尔斯说道，"让我看看，到底是什么东西扎进你的蹄子里啦。"

尼尔斯刚刚走到马儿身边，就听到爸爸、妈妈从外边回来了，他们看上去比以前苍老了许多，边走边说着话。

"要不我们再去找姐夫借点儿钱来吧？"妈妈说。

"不行，我不能再去借钱了，欠一身债的滋味简直太难受了！要不咱们把房子卖掉吧！"尼尔斯听到爸爸这样说。

第三十二章

惊险时刻

接着,尼尔斯又听到妈妈重重地叹了一口气,说:"卖掉房子也行,但是如果哪天儿子回来,又身无分文,我们又不住在这里,让他去哪里安身呢?另外,我有一点儿不明白,他怎么带着莫顿一起走呢?如果带走一只狗,我能明白,因为狗是人的朋友,鹅算是什么呢!鹅怎么会和人交朋友呢?"

"你呀,就不要琢磨这个了。不过,你说得对!"爸爸停下脚步,沉思片刻说,"我们可以请买房子的人告诉他去哪里找我们,并转告他不管他变成什么样子,我们都不会说他一句重话的,我们非常想念他!"

尼尔斯听了他们的话,心里很为雄鹅鸣不平,但更多的,是感动,恨不得马上跑到爸爸、妈妈面前,告诉他们他没有变成坏孩子,没有做错事。"可是,他们看到我现在这副怪样子,只会更加难过的!"他心想。

这时,爸爸已经走进马厩,尼尔斯也悄悄跟了进去。"这是怎么回事?"爸爸诧异地说道。原来,尼尔斯在马蹄上刻了一行小字。"把马蹄里的尖铁片拔出来!"爸爸念了一遍,又看了看四周,没有什么异样,再用手摸摸马蹄,果然是扎进东西了!尼尔斯躲在墙角,为爸爸能治好马而开心不已。

尼尔斯正沉浸在快乐里,就被一阵嘎嘎声打断了。原来,是莫顿一家回来了!

其实,莫顿一心想要把自己的妻儿介绍给农庄上的至爱亲朋,于是就率领着邓芬和几只小鹅不请自来地降落在院子里。"来吧,邓芬,你来看看我从前住的地方有多么舒服!看,那边就是食槽,

里面竟然装满了燕麦和水!"莫顿说着就跑到食槽旁边,大口大口吃了起来。

就在这时,只听"吱嘎"一声,鹅窝的门被尼尔斯的妈妈从外面插上了,莫顿一家子全被关在里面了。她兴冲冲地跑到马厩,告诉丈夫说:"你还记得今年春天我们家里不见了的那只雄鹅吗!现在他飞回来啦,还带回来了六只鹅,全都被我关在鹅窝里面,看来我们交到好运啦!"

"还有这样稀奇的事啊,"尼尔斯的爸爸惊奇地说道,"这么一来我们不用再怀疑是尼尔斯把鹅抱走了。"

"是呀,我现在就宰掉他们,拿到城里去卖。"

"我觉得宰掉雄鹅不合适,毕竟他带了那么一群鹅儿回家,是有功劳的呢!"爸爸反对说。

"可我们就要从这里搬走了,没法再养鹅了。"

"嗯,这倒也是。"

爸爸无可奈何地说完,就走出马厩。过了不大一会儿工夫,尼尔斯看见爸爸一只胳膊下夹着雄鹅莫顿,另一只胳膊下夹着邓芬,跟着妈妈走进屋。莫顿尖声地呼救:"尼尔斯,快来救救我们啊!不要让你的爸妈把我们杀掉!"

尼尔斯急得心都要跳出来了!爸爸、妈妈关上门的那一刻,他再也沉不住气了,跳上房门前的榭木板,飞奔进了门廊。可就在他把手放在门板上的时候,突然想到自己的这副小人儿模样就要暴露在爸爸、妈妈面前,他突然变得犹豫起来。

"这可是雄鹅莫顿性命攸关的时刻呀,"他心头悚然一震,"自从你离开家门的那一天起,难道他不就成了你最知心的朋友了吗?"尼尔斯这样反问自己。瞬时,雄鹅和自己生死与共的经历全都涌现在尼尔斯的脑海,他想起了雄鹅怎样在冰冻的湖面上,在暴风骤雨的大海上,还有在凶残的野兽中间舍命救自己的情景。尼尔斯的心里溢满了感激和疼爱之情,终于克服了自己的恐惧,不顾一切地使劲捶打屋门。

爸爸嘟囔着说:"是谁那么心急着要进来呀?"说着走过去打开了门。

"妈妈,求求您千万不要宰掉雄鹅啊!"尼尔斯高声大喊道。被捆在凳子上的莫顿和邓芬惊喜交加,一起发出感谢的尖叫声,尼尔斯这才松了一口气,因为他们还活着。

"哎呀,我的好孩子,你都长这么高啦!我们可把你盼回来啦!"妈妈流着泪说,"快过来呀,我的好儿子!快过来让妈妈抱抱你!"

爸爸也哽咽着说:"欢迎你回家来,尼尔斯!"

第三十二章·惊险时刻

尼尔斯局促不安地站在门槛上,心里很诧异,爸妈是怎么认出自己的呢?他还是那么小小的一个人儿啊!妈妈以为尼尔斯害羞,就走过来把他拉进屋。尼尔斯这才发现,房间里的一切都和以前一样:窗下是桌子,火炉旁是衣箱,甚至那个捕虫网还在老地方,挂在窗子和衣橱中间。

在桌子下面,那只公猫正蜷着身子躺在那儿,看上去比尼尔斯离开家的时候更肥胖了,它正轻轻地打着呼噜。而自己,已经变回真正的人的样子了,而且比原来还高大了好多!

"爸爸,妈妈,我变大啦!我又变成人啦!"他喜出望外地喊叫起来。

爸爸、妈妈有些惊讶地看着尼尔斯,完全不明白他说的话,好在重逢的喜悦冲走了疑惑,他们没有继续追问,一家人终于团聚了。

第三十三章

告别与新生活

十一月九日　星期三

第二天早上,天还没有亮,尼尔斯就悄悄起了床,向与阿卡约定的海边走去,他迫切地想让雁群看见自己的大个子。可是,他自己眼下还有些迷迷糊糊。他一会儿觉得自己是小人儿,一会儿又觉得自己是个真正的人。

他在看到路旁边有一堵石头围墙的时候,就免不了提心吊胆不敢走过去,一定要看个仔细,弄明白围墙背后有没有野兽躲藏着对他虎视眈眈。而转眼之间他又忍不住笑出声来,因为如今的他又高大又强壮,用不着害怕什么了。

他来到海边,就站到海岸的最边缘处,好让大雁们看到他那高大的身躯。

那天刚好有大批候鸟迁徙,尼尔斯看见一大群大雁正放慢速度沿着海岸来回盘旋,尼尔斯知道那就是阿卡的雁群,在等着他回来呢。可是,自己明明站在这里,他们不会看不见,为什么不落下来呢?

尼尔斯使劲儿地喊:"阿卡,我在这里,你们快落下来啊!"雁群仿佛受到惊吓,蹿上高空。尼尔斯这才想到自己已经变回人的样子,阿卡认不出来了!人是不会讲鸟语的,他一旦变成了人,也就自然不能听懂鸟儿的语言了。

顿时,尼尔斯沮丧极了,颓然地坐在了地上,眼泪止不住地流了下来。唉,再盯着他们看又有什么用呢?忽然,尼尔斯听到身边有翅膀扇动的声音。原来,阿卡终于认出那个人就是尼尔斯,降落下来紧靠在尼尔斯的身边。

尼尔斯欢呼着跳起来,把阿卡紧紧地搂在怀里。别的大雁也围

第三十三章 · 告别与新生活

拢过来，叽叽嘎嘎地向他表示祝贺。尼尔斯爱抚着阿卡，又轻轻拍了拍那些曾经的伙伴，不停地说着感谢的话，感谢雁群带着他经历了一场奇妙的旅行。

然后，尼尔斯离开海岸，走向回家的路。走在路上时，他忍不住转身，目送着雁群离去，心底涌起无限的惆怅：他真想再变回一次小人儿，跟随着雁群飞过高山大川，越过沟壑海洋，到世界各地去遨游啊！

莫顿、邓芬和他们的五只小鹅也留在家里了。

从那时候起，他们就安安静静、太太平平地过活。尼尔斯又回到了学校，他非常用心地学习，友好地对待身边的每一个人。而这些小鹅每天吃着大麦，长得非常快。没用多久，其中的四只已经变成漂亮健壮的大鹅，只有余下的那只一直长不大，跟一只小鸡差不多。看来，小精灵对尼尔斯捉弄自己这件事，还是没有完全地原谅呢。

编辑统筹：尚青云简·张艳

文字撰写：柚芽图文设计工作室

装帧设计：丁运哲

美术编辑：尚青云简·周邦雄

插图绘制：小幸福工作室